稀見筆記叢刊

述異記

鸝砭軒質言

[清]東軒主人 輯

[清]戴蓮芬 著

欒保群 點校

文物出版社

圖書在版編目（CIP）數據

述異記 鸝砭軒質言／欒保群點校．—北京：文物出版社，2020.4

（稀見筆記叢刊）

ISBN 978－7－5010－6668－1

Ⅰ.①述…　Ⅱ.①欒…　Ⅲ.①筆記小説—小説集—中國—清代　Ⅳ.I242.1

中國版本圖書館CIP數據核字（2020）第047531號

述　異　記　［清］東軒主人　輯

鸝砭軒質言　［清］戴蓮芬　著

點　　校：欒保群

責任編輯：李縉雲　劉永海

封面設計：程星濤

責任印製：梁秋卉

出版發行：文物出版社有限公司

地址：北京市東直門内北小街2號樓　郵編：100007

網站：http：//www.wenwu.com　郵箱：web@wenwu.com

印　　刷：北京京都六環印刷廠

經　　銷：新華書店

開　　本：880mm×1230mm　1/32

印　　張：9.5

版　　次：2020年4月第1版

2020年4月第1次印刷

書　　號：ISBN 978－7－5010－6668－1

定　　價：48.00圓

出版説明

在六朝時曾經先後出現過兩部《述異記》。一個作者是南齊祖冲之，就是那位精於天文曆算，以圓周率名聞世界的大科學家，他的這本《述異記》早已散佚，但魯迅先生輯得近百則，收入《古小説鉤沉》中。另一本則比較出名，作者是大文學家任昉，主要活動時間是南齊和蕭梁，與祖冲之同時而稍晚一些。任昉的《述異記》曾稱《新述異記》，應該是有意襲用祖冲之的書名。

現在我們出版的這本《述異記》三卷爲清初人所著，署名『東軒主人』，爲了與前兩種《述異記》相區别，或叫《東軒主人述異記》。作者的名氏無考，衹從書中可以推知，他是浙江嘉興人，與石門沈元徵，嘉兴曹溶爲友。内容正如書名，全記奇異之見聞，而以江南之地爲多。其中《南漳龍神》《洞庭神君》《高王廟土地》等篇與風俗信仰相關，可爲一方掌故。記幽冥事如《牛頭馬面》以牛頭馬面爲鬼卒面具，《陽官點册》言冥官判簿不由己意，《視鬼》言以左手偷取新死人頭邊飯，可日中視鬼，多爲不經人道者。記巫術如《偷顱賊》《無錫幻人》更是獨此一家，不見於他書。此外《狐報仇》《青蛙神》《怪洋》數則與《聊齋》之《九山王》《夜叉島》等内容極似，而作者活動年代與蒲松齡相近或稍早，不知是蒲翁取自本書，還是二人都採自同一民間傳聞。

這次整理，以清初《説鈴》本爲底本，以《説庫》本參校。相比之下，《説庫》本的錯誤較小。

清末南通人戴蓮芬所著《鸝砭軒質言》四卷，多採自民間傳説，同時也有個人的經歷。内容兼志怪與言情，間載當代史事軼聞，但全書主旨仍然是以志怪爲主。衹是此書的志怪涉及鬼狐的并不多，較有趣味的是民間流傳的怪異事件。如京師都城隍廟之王二太爺，琉璃廠之吕祖靈籤，靈山雷祖的怪異，以及《周石工》之復仇，《賣薑翁》之擊技，《亢掌櫃》《太平鼓》的市井無賴，《郭恭圖》《程大人》之官場奇騙，不僅可資消遣，也可以了解當時的民俗。而談佚史的《黄崖教》《兩杯茶教》，或可補史料之闕。作者也善以傳奇體描摹人情事態，如《繡鶯傳》《三姑娘》《狐船》《破鏡重圓》這些言情之作都寫得不俗。此外《明太太》一篇寫滿人貴族之家禮服飾，體物入微，頗見功力。《江慎修》記乾嘉學者江永（慎修）及其弟子戴震（書中隱其名曰『戴正』）的傳説，算是難得一見的文人傳奇，彌足珍貴。

此書有光緒五年排印的《申報館叢書·餘集》本。今以此本爲底本點校，其中的一些錯字括以圓括號，正字括以方括號。不當之處，敬請指正。

校點者

述異記

清·東軒主人 輯

序述異

天下有理之所必無而事之所或有者乎？曰有。有萬不可信之事而不容不信者乎？曰有。此《述異》之所爲記也。余閒居多暇，或親戚情話，酒酣耳熱，或游跡所至，班荆論交，輒求異聞，以資嗢噱。客有談及朝市者，則塞耳止之。客知其好異也，咸悉所聞以饜其欲。軒渠擊節，語皆出意外。始知光天之下，乃有暗洋；魑魅晝行，何傷日月。黄、農之代而霧迷涿鹿，唐虞之際而熊化羽淵，夏鎖支祈，商生桑穀，凡兹諸異，皆出聖朝。天下之大，宇宙之廣，何所不有？而曲學拘墟，驚若河漢，何所見之未達也？夫《齊諧》志怪，其來最遠，《搜神》《洞冥》，踵作彌多，是亦博物君子所不廢乎？余隨聞隨記，凡得三卷，使世有同余好者見獵心喜，且更以所聞告我，俾復述之，則此書卷軸正未有艾耳。

康熙辛巳嘉平東軒主人偶書

目録

卷中

卷下……九三

卷上

看燈遇仙

都門打磨廠布舖孫某，松江人，身在松置貨，囑其表弟同其子在京管店。其子年甫二十。康熙丙寅上元，皇上奉皇太后同妃嬪駕駐海子，張燈放煙火，縱臣民往觀。孫遂騎馬出永定門。觀訖回家，見永定門人馬填咽，遂策馬繞城進左安門。行未二里，四顧無人，忽有道者自後呼其名。孫以平日相識也，駐馬詢之。道者徑從孫腦後一掌，孫忽離馬，隨道者入雲霧中。誡勿開目，但聞風濤洶湧聲，微視足下，若從山海上飛歷。俄止一深山，尚似二鼓時候。道者挈孫入石室，令其拜爲弟子。孫怒訶之。道者亦不爲意，自上蒲團，中室而坐。孫復極口詆之，言：「我有父母妻子家業，安肯從汝妖人耶？」復力撼之，亦不動。孫亦倦甚，假寢。及覺，已失道人所在，但見（坐）［座］後有光洞徹，遂起尋之。（坐）［座］側有一石塔，高六七尺，塔後一洞，洞内遍燃巨蠟。入洞，見十許人縱橫而臥，捫之冷如冰，顔色如生而臭穢特甚。懼而復出，則天已明。而道人復入，再三勸令出家，孫堅不肯。道人曰：「汝既無緣，吾非害人者，當縱汝歸耳。」因引孫出洞，歷榛莽崎嶇數里，見一茅庵，有疥而躄者俯迎道左，極恭。道士入室中（座）［坐］。户下有土灶，煮草根、稗子正熟。疥者奉道人一甌。道人目孫，疥亦下一甌。孫不能食，疥即取去，仍傾釜中，似甚惜者。道人食竟，復携孫出，又數里，謂孫曰：「此去不遠，出大道即河南懷慶地界，汝當有親戚相見。但汝饑，與汝一劑，亟服之。」遂出懷中少藥，如細米粉。孫不敢嘗。道人自食，孫乃吞之，覺精神清爽。又誡曰：「汝歸途之費，已爲汝備矣。」道人自去。孫又崎嶇數里，果得大道，天已向明。足蹴一物，視之，乃紙裹銀二錠，約十金，懷之。復行里許，見騎騾數人似商販者，近則其表母舅也，因商河南，正欲回松。彼此識認，道其故，相爲駭然。孫纔一宿，叩其時，已二月初九日矣，表舅遂挈孫歸。而失孫之夕，其表叔覓之不得，次日訟之中城，以爲必被略賣，亟報其父，又至各關口章京查詢，杳無蹤跡。四月間，孫自松寄書至京，道其始末如此。

道人袖鬼

康熙廿四年小除日，漢軍御史祝鍾靈家奴偶出城。將晚，遇老道人獨行，顧奴曰：「我欲往城東寂照寺，煩汝暫負行李，可乎？」奴念道人年老，且城東不遠，尚可入城，遂負以隨。道人蹣跚艱步，至城東僻處一古廟，天已曛黑。奴倉皇欲歸，道人云：「吾等來路已遠，比汝至城，門已扃矣。」因予一金，俾其同宿古廟。奴不得已，遂同坐。至三鼓，道人忽起曰：「吾有道友在前相約，不遠，汝其隨行。」奴從之。約行亂塚間里許，忽見衆燈星列，近視之，乃用繩作方圍約數十步，繩上周懸以燈，圍中設壇一所，纍桌子作三層。道人進圍，登第一層，命奴登第二層。開其囊，有小爐小鍋并肉半碗。道人取至上層，敲火炙肉。俄頃，繩外鬼物往來甚夥。道人令至壇下，若隱若現，爲狀不一。道人一一麾去，欲收用者則擲肉一片，即袍衲一展。炙肉散畢，道人下壇竟去。奴亦暗中覓故道，比辰刻纔抵城門，到家，神已癡矣。未幾奴斃。

無錫幻人

錢慎軒之甥馮姓，在無錫開雜貨行。忽一客至，謬云：「某貨若干，指日船泊河下。」馮信之，遂留寓居。數日，貨船杳然。一日黎明開店，見房中燈火熒然，於隙中視之，此客危坐，剪紙作人馬狀，書符燒之，人馬俱活。又燒符，則人馬俱入壁中，須臾俱回，各持食物擺桌上。馮大駭，急排户，則人馬都散，其桌上粔籹乃某店中物也。趨詢某店，炊籠正熟，但籠中各少數枚。衆驚異，鳴諸官。時吴留村興祚宰無錫，拘訊之，以無罪對。趣行杖，杖甫下而人跡滅矣。妖術幻忽，信然。

胡老人

康熙戊辰進士錢塘陸寅，字冠周。其尊翁先生諱圻，字麗京，浙名宿也。因莊廷鉞《明史》一案牽累幾族，後事得雪，遂削髮棄家，挈一老僕雲游，後并老僕遣還，不知所在。冠周求父，足跡幾遍海内。甲子，予北上，冠周與予言：「德州有狐仙廟，能知未來事。有人自幼失母，叩之狐仙，云在某府縣某家持爨，求果得之。」亦欲往叩其尊人存否。予過德州，因訪其廟，云狐仙已往楚中矣。後丙寅，冠周過予京師，詢之，則已見胡老人矣。因爲予言：凡有叩事者，先一日至廟祈筶。有老廟祝，能知老人意。筶許見，即次日備香果詣廟拜禱，默道心事。胡老人即於神廚帳中與人對語，問答如常，聲如八九十歲人，但不見其形耳。時冠周欲往山東勞山求其尊人，老人言：「汝父子終有相見之日，但此行宜往都門，自有際遇，功名可得。勞山之行，空跋涉耳。」冠周竟往勞山，不見尊翁而歸，入都，果聯捷。

文昌禄宰

松江丙午孝廉金維寧，戊辰會試，初場交卷，天尚未明，於明遠樓下遇宮詹沈繹堂先生，曰：「先生何以在此？」繹堂曰：「吾以生平無過，上帝命吾爲文昌禄宰，司科甲之職。」忽不見。而主考徐健庵先生夢見繹堂，明日，得其令嗣宗敬卷，中式。

師生前定

劉克猷初登鄉薦，夢一人詔之曰：「爾須朱之弼做房考，方中春榜。」及到京，時偶出寓散步，見數童子携書包經其門。一童子最秀出，遂拉其手與談，見其書上寫學名，乃朱之弼也。大驚，隨之至其家，見其父乃開柴廠主人。因與款曲，將筆墨數事贈之。後遭流寇之亂，屢次不赴春官。及己丑會試，朱公已爲禮垣分校，得首卷，即克猷也。又康熙壬戌，金德嘉在楚作教，不肯會試。俄夢劉克猷以門弟帖拜之，因北上。是年朱公禮闈總裁，而金儼然會元，始信夢兆之異。

鶴化寄藥

青溪諸嗣郢，辛丑進士，習元門之學，築精室佘山，號九峰山人，頗有所得。晚年無疾，騎鶴化去。化後忽寓書於崑山葉訒庵先生，筆跡宛然。寄仙茅三兩，云：「此佘山中靈藥，謹以相贈。」訒庵先生發書，皆出世之語，而所寄之藥乃當歸也。書至都門，亦未知其已卒。未幾，鄉人來聞之，乃大駭。訒庵先生與桐城相公張敦復先生言之。明年，先生卒於京。仙家騎鶴化最難得，謂手抱一膝坐化也。

同鄉夢䫉

石門鍾玉行先生視學三秦。壬子春，按臨鞏昌。夜夢一冠帶者跽牀下，自言：「余崇德人，與君同里，姓胡字穎川。因作某縣典史，殁於此，子孫窮乏，無以歸。䫉君收留還故里，使骸骨不致久埋沙土，君之惠也。明晨有三人同叩者，是余之子孫，萬勿麾却。」翼日，果有三人叩轅求見。詢其家系，一一如夢中所言，且云夜夢其祖告之，云「提學鍾公是同邑人，昨已乞其挈帶歸鄉，汝曹可往求之」。玉行先生遂予以百金，使三人携柩歸，復於家中給田五畝，使其自耕而食。而其子若孫久爲邊兵，不能營生，先生任滿歸，復收養之，至今咸依以食。

呂祖吹簫圖

京兆程梓園先生爲諸生時，赴考，寓一至親家。夜夢一人賣畫，云此畫上人能活。因展看，見一老人忽動，徐下畫吹簫，及醒時，簫聲猶在耳也。清晨觀堂中畫，乃吴小仙寫呂祖吹簫圖，遂索歸供養，并誌跋云。

樹中器具

山陰俞子慶云：伊外祖家一桑樹，腹漸大，數年竟如巨筐。怪而劈之，其中如蠟臺、茶壺、碗盞諸器皿，無一不備，皆木之自然成型者，至今猶存數種。相傳月華時，其精光到處，久而成象如是。

旱魃

有騷達子，聞其父柩中響，啟視之，見一毛人，火之，有痛楚聲。識者謂是旱魃。

周土地

石門有周姓兄弟，兄名祚隆，弟名綦隆，爲諸生食餼。祚隆性質朴，然諾不苟，取與分明，見人説不平事輒義形於色，居家唯閉户課農而已。偶有親患病，俗每十人連名焚牒祈神，謂之「十保扶」。是日適以祚隆爲首保于里之土地祠，其廟祝忽夢土地謂曰：「汝往致周爺，將代我職，其所保甚不當。然吾與周前後官，不得不爲代申，但此後不可再來矣。」祝以告周，周未之信。後祝復夢土地曰：「某月某日，周當代我矣。」祝不敢告。忽一日，周晝寢，夢車馬輿從吏兵來謁，稱本境土地祠迎候新官，并請示到任日期。周夢中定以某日，遂寤。因思廟祝前言，預料理家事，遍別親友，咸笑之。比及期，果無疾而逝。

偷顱賊

康熙壬戌年，嘉郡各邑忽有賊偷人顱骨，凡未葬攢厝之柩，多遭竊發，止取男顱，女顱不用。一時人心遠近驚駭，多草草下葬。其來時輒于黑夜，人望之，或見甲冑人長大數輩，左右出没，人不敢近，或如牛馬之形，閃忽莫定。大家多請汛卒守之，如是月餘方息，不知竊去何用。余丁卯秋附粮艘南來，偶詢之水手，云鎮江有一種賣長米藥術者，無賴旗丁將漕米費用嫖賭，及抵債，缺額過半，則密買此藥。抵通上倉時，先一日將此藥和米内，次日一石變爲二石，(任)[升]斛不缺，一月之後，仍還本數。云是顱骨鍊就之藥。真罪不容誅，比於採生折割，所當寸磔者也。

大蟒

康熙年間，滿洲有莽將軍，從征吴三桂，率偏師前行。道遇一蟒，其大如甕，長二十丈；途廣十丈，將頭尾蟠轉雙疊擋路。人趨近里許，蟒即口吐毒氣，將人吸入口中，如蝦蟇吞刺螢然。莽將軍取火藥團做栲栳大，外用衣服包裹作人形，以紙條做藥綫，穿之紙端點火，用長竿推近其身，果爲氣所吸，吞入腹中。少頃，山崩地裂，響振數十里，其蟒洞腹而死，師遂進。然莽將軍病發，七日而没。

龍鱗

康熙二十六年，太倉曹生家藏龍鱗一片。云本州某鎮有父子二人罾魚，其子尚幼，得一鯉魚，長三尺餘，遍身黄金色，頂有一目。同漁者以爲異，勸父放之。而此鯉尚游泳未逝，其子復罾得之。歸家烹未熟，雷雨驟作，雲霧四塞，雲中一龍時現爪鬣，且有火光如毬，深紫色，出没雲際。少頃，發屋拔木，其父子所居俱隨風而去，此子並魚同失所在。天霽，田夫見所仆大樹有鱗二片，其大如盤，尚存血肉，猶帶龍腥，蓋此龍拔木所遺也。曹生購其一，時出詫客云。

獨足雞

戊辰臘月，雲間明經吴肖巖有佃户餽二雞，俱一足，云一卵所伏也。雄者有左足無右足，雌者有右足無左足，其無足之半邊無肉，而兩翼亦不大小，行則彳亍躑躅。毛色與常雞無異，但雄者不能交耳。豈商羊之類而不足致雨者耶？

青蛙神

平湖進士陸諱瑶林，令江南之金谿。邑有青蛙神，令初至，必虔祀之。陸不爲禮，吏人苦諫，不聽。未幾，青蛙無數，至礙出入，漸至廳事，跳躑滿案，猶不介意。俄而粥飯方熟，青蛙出入湯鑊，合署不得舉箸。陸怒甚，欲焚其廟。忽兩眼腫痛，突如蛙目，慘楚不勝。然後往躬祀之，遂安。其蛙相傳爲晉物，有一匣貯之。祀者至廟，蛙或坐匣上，或據案頭，或在梁間，或一或二或三，變化無定。土人水旱疾疫，禱之輒應。

狐祟

康熙初年，順天府尹郭廷祚衙齋有狐作祟，白日抛擲沙土，污穢几席。有楊回子者精遣祟之術，延之設壇。楊令郭坐壇中，羣僕圍壇外，己爲作法。少頃，梁上有老人，僅三尺，白鬚扶杖，衣冠甚古，言曰：「我之裔孫偶作狡獪，誠爲獲罪，既蒙檄召，當令其出，撻之固當，但勿殺之。」言畢不見，空中即擲一黑物如狐狀。羣僕痛搥之，狐呦呦作聲，遽伏郭坐下。而老人復至，云：「今已責治，足以蔽辜，我携之去矣。」遂不復來。

出不由户

秀水朱檢討竹垞言：其一親戚某，秀水人，康熙初年夏間入郡赴歲考，與友五六人同寓。因天暑，諸友宿廳上，某宿房中。廳上一友蚤起便旋，失其下衣，疑某戲藏之。叩户不應，以爲故意，數人排户而入，則闃然無人。視其門窗鎖閉如故，共遍求之，得於廳側竹園中，昏臥於地，手持一褌，神已痴矣。扶出，以姜湯灌甦，問之，云：「夜半有兩人呼我，以爲同寓友也，察其聲則非。因堅臥不起，而此兩人忽已在榻前，挾我自窗眼出。裸身至廳，遂取一友之褌，未及穿，復挾我出門。我强趨入竹園，兩人嬲之不止，天將曉始去。我倦極暫息，不知此身何由出户也。」

仲夫子誅教諭

崇德縣教諭鮑之高，平湖人。順治甲午年，因文廟傾圮，聖像暴露，鮑君募助修葺。數年以來，所收三百餘金皆入私橐，未易一椽一瓦。偶於六月朔昧明上殿行禮，未及下階，見子路從後擊之，踣於階下。家人扶至署齋，即發熱身痛，手足癱瘓，口稱「仲夫子擊我」，遂成廢疾。未幾丁艱歸，卒。

石卵

康熙戊辰五月，嘉興北門外七星橋煙鋪有一火石，大如五斗甕，陸續零賣，已去七八，尚留中心一塊甚堅。適有以十錢來買者，因舉巨斧擊之，石裂爲二，中出一石子如雞卵，石色黑而卵甚白，人無識者。有一人以錢三文買去，不知何物。或云空青，或云石膽，俟詢之博物者。

十二時爐

石門沈元征先生言：其鄉人因天旱濬河，於土中得一銅爐，方圓徑尺，有蓋，泥沙沾漬，不以爲異。後遇一遠商以百錢買之，細爲洗剔，蓋上有十二生肖，口俱張開，焚香，則每一時煙從一肖口出，驚爲至寶，什襲而去。不知其何代神物也。

投詞城隍

海昌祝安道，諱翼模，績學苦志，三十餘不第。康熙丁巳，特旨開科鄉試國子生。安道由廩拔例赴試，試前投詞杭州府城隍，願減算求第，以慰老親之望，以遂平生之志。是科復不售，至庚午、辛未聯捷。榜後，族人之宦於京師及同公車數人酌酒相賀，安道愀然，舉此公案，族人皆以爲不祥。未幾，果病，族人因共謁都城隍，欲爲懺悔銷釋，祈一籤，首句云：「昔年相許今已諧。」衆懼然，咸知必不免矣。月餘，竟殁於京邸。

鮎魚龍

松江朱涇鎮北十餘里名斜橋，水通黄浦潮信。康熙二十八年夏，方午，有犬渡河，忽沉没。少頃，見一大魚似鮎，有二長鬚如竹，啣犬泳出水面而逝。二十九年旱涸，佃户入水置桔槔，忽爲此魚吞其兩股，號呼求救，其兄力挽之，已失半體矣。三十年七月，橋旁地忽坼裂有聲，上有汛兵營房，兵懼疾走。未全數十步，其地二畝許陷爲潭。水涌丈餘，一路奔流，赴黄浦入海，所過河港俱溢，風雨雷電至數時方息。潭深不可測。數日後有木像浮來，土人異之，爲束茅屋立祠，香火甚盛，名曰氽來廟。

大瓜子

順治年間，玉田縣一世家，當國變後，於祖塋傍種瓜爲生。忽一年，於衆瓜中得一大瓜，喜甚，邀家人共食之。恐水漫溢，先於面上開一蓋，見瓜子僅一顆，長五寸，濶三寸。謹收藏在家，至今無恙。

五足牛

元墓僧號一月者，於康熙已酉在蘄州見一牛，五足，一足在頷下。

三脚蛤蚆

俗語云：「三脚蛤蚆無尋處。」康熙三十一年，松江明經吴肖巖隣人於厠旁獲一枚，三足，一足正在後，無少偏。衆共傳觀，月餘斃，重不及三兩。古謂蟾三足窟月而居，爲仙蟲，何以産穢處且速化耶？又戴殿元丙章言，少時讀書山中，親見三足蟾云。戴名有祺。

沈耀先現形

沈耀先者，嘉興鄉民，爲人誠實，出入大家爲保佃，大家咸信愛之。康熙已巳冬病卒。忽一日侵晨，叩其友門。童子出應，訝其爲沈也。俄頃，其友出見之，聲音笑貌衣服不類死者，因執手慰勞曰：「人言汝已死，真謬傳矣。」遂留共飯，因泛論陰陽之事。沈曰：「陰陽亦無大差別，大約好人得逍遥自在，惡人定受苦報耳。」曰：「世間楮錢有用乎？」曰：「亦好。」「僧道誦經有益乎？」曰：「若真修行僧誦之，甚佳；如應付俗僧，則徒費生者耳。」友聆其言，始疑爲死，心懷畏懼，沈即起，隱入壁中。友亟至弔奠，則死已十日矣。

洞庭使者

浙人張端叔，其父爲鎮遠府，曾泛洞庭，舟覆，溺死二僕。越二十年，復遊洞庭，夜夢其僕二人偕至，云：「某爲洞庭君使者，聞主人至，故來候。但連日應大風，惟某日某刻可渡，至期當趨送。」及期，風稍定，見檣上有二烏對船中叫噪。張怪之，仰面呼云：「汝是某某否？」二烏作答狀。又云：「既係某某，可飛集予几。」果翔而下。與之食，輒飲啖。因促舟師放船，食頃已達岸，其二烏猶盤旋不去。再三諭之，哀嚎飛去，復還者數四，若不勝悲感者然。

方魚

鄞縣楊雪崖，老塾師也。曾言其叔祖館於象山邑人某家。其俗治塘種魚，終年以此取給。偶一歲獲雙魚，正方，可三尺許，頭各有二角。不敢食，臘而藏之，每出以示客，人無識者。楊親見之。

尸解遭發

嘉興虞虹升侍御，鑑斯弟也，于南門外搆小園，名壽鹿，土木精麗，時復改易，布置不輟。康熙三十年掘地爲池，丈許，得一石板，板下兩缸對合。啟之，一尸儼坐如生，髮長被體，指爪繞身。虹升舉棄南湖深處。未幾得病恍惚，百藥不效而死。蓋尸解者不幸值此一劫，棄之者亦獲折算之咎耳。

五聖爲祟

秀水吴静庵言：五六歲時，隨其祖父居秀水縣前，宅内廳左書房向供五聖，歲時虔奉，頗有利益。後遷居塔街，此宅售與郭姓號季平者居之。郭有女及笄，頗美。一日偶至廳側，見房内有方巾道袍者據案作書。女見之駭避，以爲外客也。是晚此人即入室求歡，言：「從我，令汝家富厚順遂；不從即禍至矣。」女力不能却。自此每夜必至。久之，父母怪女日憔悴，叩知其故，亟移他處，其房更售，女竟病殁。乃康熙八年事。至丙寅，江蘇巡撫湯公奏除五聖淫祠，凡祠宇及人家所奉者悉行撤毁，妖禍遂絶。

高王廟土地

石門吴我赤名爾章，老儒生也，卒已十五六年矣。康熙壬申九月初五，妻吕氏病殁，氣絶已兩時，已而復甦。自云：初三日，見一無常鬼入房，一轉即去。初四日，無常帶三人來，亦一轉即去。初五早同四人來，其一奇狀鬼也。鬼以鐵索牽吕去，至城隍廟，兩旁柵門未開，見罪人甚多，亦有閒散者。俄頃有乘輿來謁城隍者，押差謂呂曰：「此汝夫君也，何不求之？」呂望見乘輿張蓋，戴紗帽，穿緑繡袍，前有執事六對引導，審視之，果我赤也。因驚問其故，彼此悲感。曰：「我爲本邑某村土地已八載矣，今陞在蕭山縣臨浦堰江王廟土地，香火最盛，今十月十五到任，因見城隍候交代，不意遇汝也。」呂求其救援，我赤曰：「我見城隍試言之。」出謂呂曰：「年六十四，壽已盡，我力保放回三日矣。」呂見柵門繫人甚多，有呂氏從嫂在焉，被髮銀鐺，見之痛哭。我赤叱使送還。既甦，作我赤語，索茶飲之，且命焚冥鏹六千以爲使費。呂因處分家事，至初八日辰刻，精神清爽。子息希可復生，呂曰：「我只延四時，申刻即去，隨夫主同享榮祀耳。」屆期瞑目而逝，牀幃旁有煙氣盤結，恍若有接引者。子俊伯，名鳴鑾，十月初至蕭山訪之，果有臨浦堰。夜船附至臨浦，有高王廟，土音呼高爲江，聲如岡。其廟三年前已毀，俊伯十四晚宿廟旁萬聖庵，半夜忽聞鼓吹之聲，心異之。明日詢庵僧，俱聞之。少頃，合鎮喧傳聞廟中鼓吹，土人俱來焚香祭獻，始信此事實然矣。

女子神力

康熙廿九年，乍浦比年通海舶，遊人士女雜沓。偶有姑嫂二人，隨從僕媵甚都，似右族豪家，云從雲間來。遍遊城内外，至駐防署前，有鐵墩重三百斤，二女笑相讓舉之。其嫂掇至平胸，十三舉，氣色如常。其姑舉之，又加四焉。觀者如堵，不敢詢其來歷。

僧化虎

康熙乙丑正月，有僧九人，衣異色衣，從餘杭化緣入臨安、於潛、昌化，盡化爲虎，爲害甚酷。三邑嚴捕，卒不可得。四月間，於潛山中茅庵之頂，一虎坐化石上。居僧不知，登山遇而墮崖幾斃，獵者視之，則已死矣，舁送縣官。此後虎患息。石門沈元征先生秉鐸於潛時所親見也。九僧臨安化虎者三，昌化四，於潛二。

土神記責

嘉善有一友，素不信神。適其子大病，里中有小廟，許病痊酬祀，不意其子竟故，此人因即毀廟。忽一日急病而死，至冥司，知爲廟神所訴。冥府細查簿册，云此人陽壽未絶，且係生員，不便施刑，命鬼判書此人掌中「記責十板」四字，即放回陽。甦時見手内宛然四字，摩之不滅。數年後，歲試劣等，果領責如數，而手内四字已無矣。

求藏見怪

曹秋岳先生之叔諱某者，因家貧，日奉藏神，拜求掘藏。久之，忽有一白衣童子，自稱藏神，云：「奉我未虔，故不與汝。今後必每日供奉豐厚，我心若快，方肯見藏。」因賣田拮据供給。年餘，其童子有形有聲，飲食與人無異，但夜分即去。平日間每見秋岳，即便隱形，因搆其叔與秋岳起釁，使不相往來。後其叔病篤，藏竟不可得，舉家供給困甚，而無法遣去。適秋岳來探病，其怪隱匿床下瓶内，家人密告之。秋岳因取瓶，書「曹溶封」三字，并用一圖記緘之。但見其瓶旋轉不息，數日方止，投之於河，其怪遂絶，而其叔病亦尋愈矣。此秋岳未遇時事。名醫薛楚玉嘗聞人患貧，往往舉以爲誡云。

人變虎

廣西有一村民，每日早出晚歸，必携死豬羊鹿犬等物至家，以爲常。後因其子擇日成婚，須豬羊祀神，妻囑其覓活者爲佳。村民有難色。妻遂疑已前之物皆屬偷盜，命子尾其後視之。至一山，見其父入巖洞中，少頃有虎咆哮而出。其子驚悸良久，徐入洞求父所在，但見一衣存焉，疑爲虎食矣。未幾，虎歸洞而父復出，其子駭甚，因急歸告母。村民歸家，見其妻色變，遂大言曰：「吾爲汝等識破，今出不復返矣。」疾走出門，妻子牽衣留之，力挽其足，竟脱一襪而去。後其子於山中遇一虎，一足人也，因思此虎必其父，將爲獵者所得，遂遍揭街市，云若有人獲虎一人足者勿送官，願以重價購之，不數月，果得而葬之云。此康熙年柳州來賓縣事。牛艮、封使君，亶其然乎？

南漳龍神

楚南漳縣西溪老龍王廟，水旱禱雨極靈，列於祀典。凡有旱災，祈雨者到溪，結壇拜禱，無不立應。洞中有漩渦，深不測，龍處其中。禱者以空罌包紙布數層，投潭中，隨漩渦而入。少頃浮出，紙布仍乾，罌内有水，或一寸，或數寸，捧戴於首，飛馬而行。洞中即有黑雲雷雹隨之，路遠馬必屢易。所禱之處得雨分寸如數。有襄陽縣典史偶食雞子，雷震墮馬幾死，雨皆變爲冰條，掛於山野樹頭，罌中涓滴俱無焉。每年縣官用職名手本送禮，先至洞口土地祠焚楮幣，然後投手本入潭。其手本旋入潭内，少頃浮出，受者點之，然後投禮於潭。禮物止用紙、筆、墨、硯、銀牌等六事。順治年間，邑令姚延儒，浙之湖州人，不信，懷銅鏡投潭中，鏡亦浮出，遂神其事。又近溪有一老人，龍王時邀與圍棋，入洞，見府第壯麗，龍王乃一白髯老人，出洞則絶無所覩，唯見巖穴而已。三洞有十八龍子，號大太子、二太子、三太子等稱，禱之亦能致雨。龍泉令君金諱輝，前令漳三年，言之甚詳。而余窗友費越石曾爲漳幕，并言老人事，餘略同。

盧醫山

山西潞城縣民，病不服藥，亦無醫。縣南十餘里有盧醫山，上有盧醫廟，廟皆石壁、石柱、石瓦。遠近病者持香燭楮錢詣廟，通籍貫，述病緣，用黄紙空包壓香爐下，禱畢，紙包角動，開視，得紅丸者入口病即愈，白丸者淹纏數日可愈，病不起者無藥，再四瀆焉，即與黑丸，服之亦死，無益也。廟門夜有二黑虎守之，傍晚即相戒不敢上山矣。山頂有風洞口，不甚大而深不可測。土人旱則往祈風，夏秋旱則祈西北風，冬春旱則祈東南風。亦用香燭福物向洞拜禱，取其方之土而供之，風至，雨亦隨至。金公初任潞城，並詳言之。

老婦變虎

康熙四十年，浙東陽縣某鄉章姓，有一老婦，年已七十餘，時時無故他出，輒數日不歸。其子竊疑之。一日尋至深山，過土地祠，聞祠中聲甚異。入視之，見其母方躑躅變虎，因驚呼，從後握其髮，持之不釋。母以爪傷子面，負痛放手，母跳躍而去，不知所之。數日傷愈，遍求之山中，見一披髮虎前行，後從數虎子，不敢近，悵惘而歸，傳聞遠近。

鱉寶

海昌北門外木行，買一巨鱉，約重七八斤，煮之鑊中，啾啾作聲，似乞命者。熟而剖之，腹中得小人，五官四肢皆具，觀者如堵。識者以爲鱉寶，惜熟之矣。海昌學師勞貞山遣僕往視之，果然。康熙壬申夏事。

牛頭馬面

嘉興楓涇鎮一黄姓者，素患弱症。獨宿店中，忽一夜，見數人自門縫入，一人持布袋，羣坐而語曰：「過東則有關王廟，某僧誦《華嚴經》，恐觸之不便。過西則施家，有猘犬可畏。不如從下西街去爲便耳。」遂出袋内牛頭馬面戴之而去。其人知爲鬼也，自分必死矣。未幾聞隣哭聲，則一産婦死矣。黄起，見鬼遺一小牌，拾而視之，姓名八人，一即隣婦，餘僅記三人。看未畢，前鬼復來奪去。雞鳴，探此三人者，則皆已物故矣。

雌鴨化雄

康熙癸酉夏大旱，桐鄉東八都民陸姓者，養母鴨三隻，已三年矣。一鴨連日生蛋三枚，尾忽秃，數日生緑毛遍身，毛亦漸脱，頭翅盡緑而白頸，嘴距變紅，形聲俱化爲雄。觀者千百人。

黑雪

康熙三十一年四月廿八日，陝西合水縣夜下黑雪，將已成麥豆、方長秋禾凍死大半。總督噶將遲延不報，縣令王三錫題參，部議處分，見邸抄。

洞庭神君

洞庭君相傳爲柳毅。其神立像，赤面獠牙朱髮，獰如夜叉，以一手遮額，覆目而視，一手指湖旁，從神亦然。舟往來者必致祭，舟中之人不敢一字妄語，尤不可以手指物及遮額，不意犯之，則有風濤之險。唯郴州人則無恙，郴州士子赴省試者至廟拜祝，焚鄉眷晚生帖，雖遇風濤，無不安然而渡。

佛殿巨手

侯官許不棄，十年前在福州一山寺，同數友於佛殿後軒晚齋，望見殿壁上燈影搖曳。命僮視之，良久不返，因共起出視，僮仆於地，仰見一巨手青黑多毛，從殿外簷上伸至殿中，將長明燈搖曳。閧堂驚喚，手忽不見。不知何怪也。

陽官點册

李煥然，戊戌進士，北直濬縣人。康熙壬子年仕陝西平涼知縣。癸丑秋，夢城隍來請。李赴廟中，城隍南面坐，命煥然面東旁坐，云：「有册籍煩公一點。」吏送至案前，簿厚五寸餘，李舉筆，頃刻判完，或勾或點，絕非己意，似有鬼運其腕者，其所點之物色全如血。俄頃而醒，姓名略記一二，乃甲寅出兵首名受斃者與他兵死者，合之夢中所點，無不相同，其勾者俱無恙。時石門方岱瞻爲崇信令，詳言之。

污井雷擊

康熙癸酉，浙西大旱，河水絕流，泉源俱竭。烏鎮某氏家有一井，甚甘而有水，入取者衆。氏甚厭恨之，一日晨起，以便桶傾井中，取者不知，得水始覺其穢也。六月廿四日，大雨震雷，擊死其婦，自十九歲孀居，今五十歲矣。平生持齋念佛，死時素珠猶在手中，特以一念之惡遭天譴耳。

土像爲祟

寧波洪暉吉圖光，順治乙未進士，偶入佛寺，見山門四天王足踏八怪，一女怪麗甚。洪曰：「如是美色，即受其惑何恨哉！」是夕即有艷婦入室求合，洪心亂不能却。自是每夕必至，日漸尫瘠，幾至不起。百計禳之，四載始去，洪官亦不顯。

狐怪

京師長春寺有狐爲祟，不見其形。僧舍素醖酒，時時竊飲之幾盡，客至，亦時空中作聲如人語。一夕忽有羣犬噬一狐斃，通身黑色。有欲取爲帽者，僧云：「狐類惜羣，不日必有來覔屍者，不可取也。」是夕果有狐數百似來弔喪，僧舍皆滿，哭聲沸地。迨曉，不知所在，死狐亦失矣。

自知前生二則

大名府小灘鎮鄭監生家，於正月初二日舉二子，閲三日，忽瞪目而語曰：「予手足何忽小耶？予懷慶府濟源縣人，姓趙，伯父與兄皆監生，外舅係孝廉。以上年臘月廿七日無疾而終，年止五十六。有兩人引至一衙門内過堂，同行者十二人。復至一處，憲體森嚴，十一人挨次進去，我立於門外。俄頃十一人出，其隨行之二人曰：『汝可不過堂矣。』同至小灘，見一大門樓，二人曰：『惟此可安汝身。』因盡力一推，不覺墮此地。回念家中有二女，一妻、一妾，妾受身已九月，大約正月間必坐草，不知生兒可得延嗣否。長女已十八歲，擇於正月初九遣嫁，吾死後不知家中若何。」鄭有族孀往觀之，既去，兒復呇其母曰：「何物老嫗，竟入吾室！以後可辭衆人，不必以吾爲奇貨，恐招尤也。」邑屠户邵某與鄭交最厚，强見之，具述宿世事。

新安吴瑶號象星，老而能詩，貧無子，依侍御程梓園先生以居。自言前世爲女，即其族叔祖母也。叔祖號元朝奉，母號元孺人，居上山，年七十餘。一夕孺人忽謂元朝奉曰：「吾明日巳時當死，即託生於浯溪姪君正明奉爲第二子。汝無悲，幸來視我可也。」

翌日果無疾而卒。元朝奉斂畢，即往浯溪探之，君正舉第二子矣。自是時致遺問。及長就學，時以果餌貽之。羣塾兒見元朝奉來，共笑之云：「汝夫至矣！」象星亦恍惚如舊識。一日象星因市茉莉花至上山元朝奉家，入門歷歷如故居，登堂入室，牀榻井灶花木器具皆素物也。見其二子，不覺戚然而悲，歸家惘惘者數月。後元朝奉死，象星哭而送之，如夫婦焉。今老矣，言之猶鑿鑿也。上山、浯溪兩村族姓無不知此事。

食鰻斃命

康熙癸酉六月旱乾河涸，石邑西門外有沈姓者，家貧乏食，掘泥淤中鰍鱔之類食之。得一物，全似鰻，身短而粗，重十四兩，烹啖甚肥。一家父子四人同食，沈腹痛脹悶不能言而死，其子女三人頭面身體俱發大毒幾斃。或疑爲蛇所化，或云另是一種毒蟲，人不識耳。書此以爲食異物之戒。或云即斜耕蟲，能穿穴田使漏。

食鱔中毒

湖州沈騶士，貧儒，老於館師。其子二人，以鬻書籍爲業。辛未夏，兩書船同泊，書賈及舟子共八人，買鱔四斤，煮麪爲晚食。中有一鱔特肥壯而短，或疑其形異有毒，或愛其肥不忍棄，遂併烹之。其一人不食鱔，餘七人共食之。至二鼓，七人皆腹痛，下血升許，號呼輾轉欲死。不食者夜叩醫家，求解毒藥服之，始安然，各瀉痢十餘日而愈。

火龍

癸酉六月廿四日，平湖小圩地方大風雨，有火龍一條，紫火繞身，經過田禾一帶數百畝俱被燒焦。居民報官，邑令吕猶龍親驗，猶有帶來跌死一屍，不知何處人。小圩房舍樹木亦多損壞。

不葬之咎

嘉善孝廉朱又陳，老於公車。壬戌會試北上，前一夕，其夫人夢神語之曰：「汝夫數世不葬，家纍十餘棺，今科本當首選，因此削其禄矣。」是科果擬元，以微眚見落。康熙二十八年七月，家忽有怪，白晝擲磚瓦傷人，晚即現形不一，時見十許人持械入堂，將墻壁片時拆去，或取桌子纍至六七。或駡爲妖，即攝其人居高桌之上，復推墮幾斃。家中大小無不受傷者，人人佩刀而行。中秋之夕，嗚吉登樓，忽見白毬旋轉不已，逐之下梯。值嗚吉次子佩刀而來，遇之揮砍，血濺滿身。十餘日復來，大笑云：「我刀傷醫治痊可，今復携數友來矣。」遂於堂中設公案，數妖南面而坐，羣妖趨走若排衙然，倏隱倏現，索酒食供獻，達旦始去。朱請松江堪輿程天御覓地，館之於樓，授以一刀，曰：「倘有所聞見，可以自衛也。」程亦未信，睡至更餘，怪風入户，窗牖自開，磚石亂投。程傷額，裹衾而坐，不敢出聲，約二更始去。次夕，程藏刀於床，燃二炬伺之。忽見牀下有一怪物趨出，長尺餘，撲燈皆滅。月色中視之，身皆紫毛，目光如炬，射出丈許。忽變形長至十餘尺，三頭六臂，頭現紅緑白三色，每手執一竹篙，向程攢戳。程自揣避必不免，即抽刀往前，極力砍之，呦然有聲，至梯側而隱。倦極就寢，迨明視之，刀上鮮血淋漓，衣亦濺血，自此不至矣。朱遂卜地，盡葬其棺。值張真人入覲，求禳，真人與鐵牌一面埋家中。近頗安静，然自七月至十一月受其妖毒幾半載焉。程天御親言之

養由基墓

德清縣前直街沈漢倬房基下有高堆，人躋其上必病。明末發之，見大石板焉，啟視之，寒氣逼人。初，一人縋入，立斃，久之寒氣漸息，衆舉炬下視，乃地室一間。朱棺方長，與近代大異。下有鐵牛負之，石牌有字，墓出，乃古文大篆。識者辨之，曰「楚養由基墓」也。墓中有缸七隻，疑貯漆燈者，遂掩之，築室其上，居之無恙，至今尚在。

花異

康熙丙子七月，石門吴中涵臥房前庭下，秋海棠忽發一條，開花數層，共十餘朵，

正如玉樓春牡丹，大如盞，千葉香艷。以爲吉祥，圖其狀，求善詩者詠之。中涵少年攻苦，素抱羸疾，至丙子十月不起，年僅二十二歲，蓋不祥之徵也。

有尾小兒

康熙戊午秋，京師宣武門外有小兒，約三四歲，有尾長三四寸，軟而無毛。其父每日携之過市，看者輒索錢二文。

内黄狐怪

内黄縣署中有五間大樓，頗高峻。俄見一白髮叟立樓傍，身與樓等，忽漸矮，入地乃没。又一女人遍身着白，立樓上，以一足跨樓下。又一日署中逢中秋，月色甚皎，忽見一狐立門檻上望月，羣呵逐之，狐貼然不動，兩眼發白光，光之所到，人不能犯。因共持弓矢刀仗相守。狐忽跳躑署後，立兩敵樓中間，以兩眼光射敵樓，其赤如火，大如箕，迫近之，則熱氣熛灼。復相持良久，俄遯墻外。急以刀砍之，截其尾寸許，帶血粘刀上，牢不可脱，以利刃削去之，其毛皆堅鋭如針。自是不復見矣。

狐報仇

江浦武舉王姓者，家頗富饒，居室深邃，近臨江岸。一日，有鮮衣少年僕從甚都，過王投謁，視其刺曰「侍生胡大名」。王詢所從來，云：「自閩宦北歸，欲假館棲眷屬，如蒙見允，明日謹奉賃約。」贄以閩幣名果，皆先時方物。王詫其異，不知爲何許人也，姑諾之。明日果賚約并金數鍰，約以明日入宅，言詞捷給，器度不凡。王益疑其爲人，俟其别去，登高樓望之，江岸無舟，見其循岸西去，入積葦中，不復出。王曰：「此妖祟也！」率佃户數十人，持火及獵具以往，見積葦如山，廣數畝，蓋蘆場之久未售者。循場而行，有窟穴幾處，似有物出入。乃列網穴口，舉火爇之。有老狐突出逸去，羣狐無數，燒死觸網，傷獮靡遺。是夜聞繞屋哀號之聲，且詈曰：「吾與若無仇，何故殺我子孫數百？吾必有以報汝！」如是者纍數夜不輟。未幾，忽有首人於江督郎公廷佐處密訐王以通海謀叛，其人則胡大名也。郎密遣人掩捕，果於王之後樓得矢數萬，遂擒王刑訊。王不知所自來，無辭以辨。舉家下獄，叛具雖實而首人不至，淹禁十年，親族瘐死過半，獄竟不成，遇赦乃出。是順治年間事。

鬼救虎害

康熙廿八年間，武林清河坊有趙姓者，往西山索逋，歸已日暮。行至集慶寺之東，驟雨昏黑，又無雨具，不能前進。徬徨間見有厝棺之室，簷底可以避雨，乃向棺致揖曰：「暮夜不及入城，暫假尊簷憩息。」遂坐其下假寐。夜將半，忽聞有呼者云：「某地演戲，吾與若盍往觀乎？」室內應曰：「汝自去，吾今夜有客，不及奉陪。」呼者邀之數四，而室中堅却如初。五更雨止，天亦漸明，急趨入城，而遺其棗木戥，乃假諸人者，慮其來索，復尋至昨宿處。戥在簷下，見其旁虎跡甚多，始悟夜間之鬼所以不去者，感其人之有禮而護其虎厄也。嗚呼，鬼尚知愛禮，而人可弗鬼若哉！

紙魁星舞

康熙乙卯年五月，江南學使者解諱幾貞，科試淮安府。場中兩邊搭蓆篷，廠中間搭龍門，上綴紙魁星，俱以五色紙爲之，兩手持筆錠，足踢魁斗，光彩生動。試畢封門後，各役俱散。署中親友偶出堂上閒步，忽聞堂前喧鬧聲，趨出視之，則見魁星在篷廠中間甬道跳舞不已。闔署驚動駭異，遂舉而焚之。然是科淮安無捷魁者，嗣後亦無大魁，但不脱科耳。

西湖水怪

藍橋朱凡伯爲朱進士京琦之兄，讀書孤山。時中秋月朗，獨步西泠，由蘇堤至第三橋。遥見橋上有一人向月而拜，即視之，相去丈許，拜者驚起回顧，乃披髮女人，面白如粉，唇赤如血，上體裸露，垂乳至腰，急躍入水中。朱大驚愕，不知其爲何怪也。

蛇異

錢唐徐子静爲江西奉新縣羅坊巡檢，在南昌見一人，自言姓婁，武寧縣人。於康熙初年賈廣西，欲至鋪家索負。五更起，出門天尚黑，忽見前路白光如日，謂天已曙矣。前行見一亭，過亭復有一橋，度橋便入黑洞中，不復辨去向，但覺腥穢特甚，水如潮湧，將身滾出於外，昏迷不省。俄而天曉漸甦，見大蛇如山崗，廻旋而去。身尚偃臥，不能動。行人見之，詢知其故，舁歸主家，身已腐爛。歲餘方平復，滿身蜕殼，膚如蛇皮矣。或謂亭是其口齒也，橋是其舌也，入黑洞則進其喉，蛇涎潮湧，幸而噴出，其不被吞，幸矣，所以腥氣特甚也歟？

卷中

三異物

高江村《雜記》：直大内，見三異物焉。一小金盒，大寸有六分，内貯雕刻牙器百種，如几榻、舟車、盤匜、筆研、投壺、棊局、絃管、升斗、算子之屬，具體而微，不受手指，用金鑷鉗而觀之。其一鏤象爲球，周身百孔，凡九層，亦有七層、五層者。以金簪自孔中撥之，圓轉活動，層層相似。又皆刮磨光澤，中藏骰子一枚，金碧粲然。其外瀿白無縫，非有湊合粘連之跡，名鬼工球。其一酒杯二十有四，由大及小，如窣堵波，高二寸許。鏇木爲之質，黄色有木理，薄如紙，柔軟而輕，噓氣輒可飛動，然可注酒。此三者精巧絶倫，雖有離婁、公輸亦不能施其心目，不知當時何以鏤劂而成。守者曰：此自外國航海來貢，云皆鬼工所作。

記桃核念珠

得念珠一百八枚，以山桃核爲之，圓如小櫻桃。一枚之中刻羅漢三四尊或五六尊，行者，坐者，課經者，荷杖者，入定於龕中者，蔭樹趺坐而説法者，環坐指畫論議者，袒跣曲拳和南而前趨而後侍者，合計之，爲數五百。蒲團、竹笠、茶奩、荷策、瓶鉢、經卷畢具。又有雲龍、風虎、獅象、鳥獸、戲猊、猨猱錯雜其間，視之不甚了了。明窗凈几，息心諦觀，所刻羅漢僅如一粟，梵相奇古，或衣文織綺繡，或衣袈裟水田絺葛，而神情風致，各蕭散於松柏巖石，可謂藝之至矣。惜其姓名不可得而知，因以珊瑚木難飾而藏諸古錦。

狗西番

陝西臨邊有狗西番，其婦女頭髮俱作細辮，額間分開，左右垂下，如瓔珞然，富者以貝作墜子。凡西番貧女，俱許入關爲人作針紝漿糨等役，至晚則放去。其男子於路旁見人飲食，輒瞪目垂涎，饞狀可笑。然甚富，其穴中多藏犀角、象牙、琥珀、靺鞨諸珍物，與漢人爲市。

西番狗

石門吴不瑕名雲程，康熙三十三、四年爲西寧屯田都司華君館賓。歸，言在幕下時，有屬弁獻西番狗二，一牝一牡，形質稍高於常狗，堪供驅役。其前兩足指長如猴足，作活與人無異。命之掃地，即奉帚至庭下，掃除甚潔，磚石罅草根亦以爪剔凈。掃畢，奉帚跪坐，復命於主人之前，令其再掃他處亦然。命之燒火，即詣竈下，屈薪爲把，進火如人，樹枝長者力可拗而折之。饌食既熟，擊竈數下，即止火矣。其他雜役，周匝詳細，或過於人，自辰至暮，趨事不倦。與之肉，拜而後食，食畢，復稽首三四焉。闔署無不奇愛，以爲勝於人之惰其四肢而失其本心者矣。

怪洋三則

邇年有泛海歸者，曾遇颶風，飄至一島，山勢高峻，海岸寬衍。舟中共百五十人，因見天宇晴爽，有七十餘人相拉游步上山。行數里，忽見一人，長三丈餘，見衆人來，喜動眉宇，迎揖使前。衆以爲仙，隨之而行。至一穴口，復盡揖之入洞中，内約畝許，寬廣高朗。衆方玩視，長人忽取一巨石窒其穴，引手從旁穴中取一人，捩其頸、飲其血而抛其屍。以次執三十人如此飲之。餘人驚惶無措。忽見長人憩穴外石上如醉然，餘人遂得從穴隙奔出，登舟訴其事，適風便掛帆。行未數里，長人舉步如飛，蹈海水僅及踁，追舟將近。衆議曰：「此怪一至，吾輩無噍類矣！」遂協力施銃箭禦之，長人似有退縮之狀。風駛漸遠，遂得脱。

其一：有洋船失風，飄至一島，金光耀目，不能正視，抵岸，乃金山也。岸旁沙石皆紫金，同舟者喜甚，競持鎚鑿鑿取之。俄頃見山頂一人，頭戴金冠，身披金甲，朱裩跣足，舞劍而來，疾若飛鳥，漸逼舟次。衆皆大懼。海舟素奉天妃娘娘，共瓣香拜懇求救。忽天矯降一客言曰：「此金山神也。汝等竊金，爲禍不小。今我來救衆人之命。」

即持槍登檣杪，命舟中鳴金鼓助戰，與神拒敵。良久，神不能勝而去。其客從檣端墜下，身無所損。舉舟遂免於厄。此二則皆近年事也。

其一：順治年間，有洋船自廣東開洋失風，飄至一島，老於海道者未之識也，因暫泊焉。舟中有一二百人，其中三十餘客相携游步海岸，過一山坡，見石板街道濶餘二丈，長約數里，隨步而行，有一城。入城，街衢平直，衙門壯麗。但覺清静而無一人，遂共入衙門，歷數重，無呵禦者。登其堂，見一人南面而坐，紗帽朱衣，若睡夢然。旁有一吏捧文案而立，一門子捧茶作欲進之狀，隸役數人夾侍廊下，望之若死若生，寂無一言。衆以爲必前朝海疆死事之臣靈爽所現也，疑懼疾奔。未出二門，有朱髮獠牙青面之鬼三十餘，盡擒其衆，一一用藤穿頰，懸於大門之内，衆鬼悉趨入，似往報命者。中有一人舉身騰擲，裂頤而墜，逃至舟，道其事。舟中有一年老熟海事者大驚曰：「此夜叉島也！」亟聚衆鳴金鼓持器械往救之。至則街衢城市毫無蹤跡，但見荒草坡中白骨一堆，乃向者三十餘人爲夜叉所食之餘也。其裂頤者歸就醫，頰雖復合，尚存二孔，蓋藤所穿也。後爲廣東武弁，曾親見其人言之。

視鬼

青陽庵僧言：有同庵僧某，未出家時聞人言，凡人能偷啖新死人頭邊飯，反左手取食少許，不令人見，如此七次，可日中視鬼。僧信而爲之，果然。每日居家出市，見鬼無數，黑夜亦然。鬼與人雜幾相半，形狀不一，甚可畏惡。凡生人路行，鬼見之側避者其人無恙，若不避者多病，至有鬼亟隨且戲弄之者，其人必死矣。僧漸厭且懼，以至狂惑。人勸其至張真人府求符水治之，目中雖無所見而神已痴矣，遂披剃爲僧，至今尚在。

蛇鬼

嘉善葉有六，書齋庭前有空酒罎數枚，夏夜子弟輩輒露坐其上。有六晨至庭中，見罎下蟠大赤練蛇，驚視之，死矣，因命家僮取出，煨棄之。少頃，忽其姪女狂亂，作蛇言曰：「我棲兩家牆下，久未嘗爲害，偶出取涼，老相公殺我，復慘焚之，恨毒已極，茲來報仇耳。」家人驚告有六。有六云：「我見死蛇，恐遺毒傷人，故焚之，實未嘗殺也。」方辨論間，姪女忽又作有六父語曰：「是我殺之。此亦細事，汝輩何懼？可具酒食楮錢送至焚蛇處，無害也。」如其言，女亦愈，無他。康熙甲戌事。

孝廉魂歸

嘉善甲子孝廉王成馭，冬赴公車，歿於京邸。其弟錦雯亦登戊午賢書，屢困南宮。甲戌秋，同里孝廉錢心佩下第歸，成馭魂附之而來，至錦雯家，附錦雯之子大言曰：「我去家日久，今始歸，何慢我耶？」錦雯驚問：「汝何鬼也？」其子曰：「我成馭也。弟平日不讀書，多外務，故春闈不利。年漸老矣，可不自奮哉？我餓矣，速爲具食。且我妻叔孫合碩亦同來此，饌當稍豐，不可慢也。」合碩以明經赴考教習，乙丑春卒於京師者也。其他語家事甚悉。錦雯懼，報其嫂姪，具盛奠送至其家，子即愈，後亦寂然。

蛇 龍

蘭谿縣有叔姪同居，叔欺其姪，盡佔亡兄之産。姪無可奈何，往金華府將控之。時當盛夏，憩井亭，見一赤蛇上樹，自投於地，盤結少頃，又上樹，擲下復結，如此八九次，變爲巨鼈。其姪惡之，前行至飯店。俄頃其叔亦至，持一鼈付店將烹之。姪詢其得自井亭，遂力阻其勿食。叔固欲烹之。姪告之所見，衆未之信，遂於烈日中繫鼈尾，倒懸樹上，久而漸長，復化爲蛇。叔乃抱姪而泣曰：「我固欺汝，汝不恨我乃反救我，我真非人哉！」遂相與歸家，推所攘者共之，式好如初。

桃核舟

武塘魏氏藏桃核舟一枚，蓋刻爲《赤壁賦》云。舟首尾約長八分有奇，高可二黍許。中軒敞者爲艙，篛蓬覆之。旁開小窗，左右各四。啟窗而觀，雕欄相望，閉之則右刻「山高月小，水落石出」，左刻「清風徐來，水波不興」，石青滲之。船頭坐三人，中峩冠而髯者爲東坡，佛印居右，魯直居左。蘇、黃共閱一手卷，東坡手執卷端，左手拊魯直背；魯直左手執卷末，右手指卷，如有所語；東坡現右足，魯直現左足，各微側，其兩膝相比者各隱卷底衣褶中。佛印絕類彌勒，坦胸露乳，矯首昂視，神情與蘇、黃不屬；卧右膝，屈右臂支船而豎其左膝，左臂掛念珠，可歷歷數也。舟尾横卧一楫，左右舟子各一。居右者椎髻仰面，左手倚衡木，右手扳右趾，若嘯呼狀；居左者右手執蒲葵扇，左手拊爐，爐上有壺，其人視端容寂，若聽茶聲。船背稍夷，則題名其上曰「天啟壬戌秋日，虞山王毅叔遠甫刻」，細若蚊足，鈎畫了了，其色墨；又篆章一，文曰「初平山人」，其色朱。通計一舟，爲人五，爲窗八，爲篛篷、爲楫、爲爐、爲壺、爲手卷、爲扇、爲念珠、爲對聯題名篆刻、爲字其三十有四，而計其長曾不盈寸，蓋取桃核修長者爲之。由此以觀，棘刺之端未必不爲母猴也。噫！技亦靈怪矣哉！

小人

康熙三十一年五月，外國貢小人一，其長二尺餘，面目肢體鬚眉與人無異，似四十許人。四譯館爲製小衣冠，啟奏進上。此人手持小傘，蹣跚而行，傘式與中華同。人故嬲之，輒吱吱作聲如猴。觀者塞路。

毛毬

康熙三十七年，額駙耿效忠同公子光祚城外卜墳，見樹林中一毛毬，圓長如大東瓜，砍之柔韌如絮，不能入，刀起復圓，不知何物。一年而額駙卒。耿公子與海寧畫家黃弘遠言之。

無目魚

康熙庚申，余於福州大中寺遇一行脚僧，偶談山水洞穴之勝，僧云：「我曾至某山游一洞，黑暗如漆，同行者數人，秉炬而入，深十餘里。中有溪橋樹木，與外間無異，但不透天日耳。溪中有魚，好事者輒取數尾，出視之，頭上俱板骨，無目。想處暗水中無所用目，故造物者不爲設此一官也。物類之奇，一至於此！惜忘其地與山名也。

雙體人

康熙辛未十一月，京師前門外，有以朱盒貯一灰醃小兒，長尺四五寸，兩頭四手四足，二體相背。觀者日數千人，人與一錢。

鉅體人

堂邑縣一鄉農，甫生時陽長三寸，及稍長，陽長一尺。今三十餘歲，無人與婚。食量甚佳，他無所長，僅能鋤地，然工力較他農數倍，因此庶不爲人所棄，第免饑餓而已。

花姐

曲阜孔廟内奎文閣，視廟倍高。其上相傳有狐仙，歷久無敢登者。康熙甲子年十月，皇上幸闕里。先是八月間，衍聖公廝人妻得病狂言。其夫以刃臨之，妻曰：「我花姐也，汝勿犯我。」夫問：「汝何怪？」曰：「我向居奎文閣，今天子將臨幸，闢聖開路，驅我令出，暫避汝妻身。我能言人禍福，凡有來問者，人取五十文，所以酬汝爾。」夫知其爲狐仙也，如其言，有問皆驗。及上廻鑾，此婦昏睡數日，病尋愈，問其前事，茫然不知。

木理成字

康熙甲子春，海鹽張氏佃户鋸一樹，中心成「王大宜」三字，筆畫清晰如寫，見者甚衆。邑中適有武弁王大宜者，遂購燬之。

康王廟虎

康熙甲子，余在粤東遇二獵户，係高州人。自言曾入深山射獵，暮不及歸，遂入康王廟神座下棲宿。夜中忽大風發户，羣虎入廟，一人噤不敢動。虎一一至神前，跪拜如人，且作人言求食。神俱不許。最後一病虎哀乞再四，神曰：「某村有一閹耳豬，可往覓之，然恐終非汝食也。」虎跳躍而去。逮明，二人議曰：「某村去我家不遠，試相與蹤跡之。」次日共至此村，向晚坐磐石上，偶見一婦携筐而至，亦倦息石旁。二人熟視其耳有缺，疑即神所謂闐耳豬也，因尾此婦至其家借宿。此婦以夫他出，堅拒不允。二人者强之，婦不得已，遂入室，二人處堂中，而扃其户。夜半，聞腥風驟至，婦求出不得，始而怒詈，繼作豕聲。二人愈駭，窺其户外，則有虎踞俟焉，遂以毒矢殺之。天明告之鄉隣，開門視之，此婦昏仆於地，便液盡豬穢也。俄其夫歸，眾告之故，以姜湯灌甦，詢其昨事，如一夢矣。其夫乃致厚謝，舁虎送之官。康王者，蓋司虎之神也。

狐怪

桐鄉沈崍源，名兆奎，原名亂浤。少時文名籍甚，順治辛卯中副車，歸家憤懣。忽梁間有人作聲，呼其小名曰：「汝勿鬱鬱，終成進士耳。」舉家駭視之，則一老嫗，青衫裙，從梁而下，曰：「我乃汝之高祖母也。孫甲午當奪魁。」已而果然。其來也，眾皆見之，俄頃而隱。自是不時來往，輒索酒饌，與聞家務，瑣碎可厭。又時現異形，且夜聞門外馳驟金戈鐵馬之聲，更惡而畏之矣。至戊戌，忽謂崍源曰：「汝今科不中，己亥當發兩榜，但須改名兆奎耳。」家人以己亥非開科之歲，共笑之。未幾，滇黔平，朝議以設官開科，己亥果復行會試。崍源遂改名中式。後來亦漸稀，又十餘年而寂然無他。或以爲狐怪云。

抹臉兒術

石門朱石年先生司理平越時，戊申歲，滇黔全省延至楚鄖襄間，有妖人抹臉怪術。其人衣服言語與人無異，或數十人同入城市，或數人散行郊野，時隱時現，去來莫測。或戎服乘馬，馳於顛崖絕壑之中，或變成彈丸從屋漏而下，旋轉漸大，裂出人形。人與交臂而過，忽然仆地，就視之，則面目已失其半，僅存後枕顱骨而已。城野山僻，邃閣密室，多受此患，不知取爲何用。作祟八九月方止，被抹者數千人。文武官弁晝夜巡邏，家户擊鼓鳴金以備之。曾有數人舁大木桶入城，兵卒圍之，忽然不見，棄其桶，開視之，則有人面百餘，以石灰醃之。或云取人面爲祭賽邪鬼厭勝之具，或云苗蠻猺鬼遇閏年輒出，亦宇宙間怪異之事。令嗣今李詳言之。

雷擊野鳴

康熙乙亥二月十五日，大雷雨，桐鄉南門外雷擊一野鴨，從空墮人家屋上。取視之，從嘴至脊尾震開一綫，直如刀截，腸從背出，重二斤。觀者數千人無不駭異，共瘞之普同塔中。

海夜叉

康熙癸酉正月，新安劉汝璞至登州蓬萊閣朝海庵觀日出。見海灘一物，倚石而臥，就日而曝。細視之，人面黑色，圓目鋸牙，朱髮赤鬚，魚身似鲇，無手足，長五六尺，久之轉側入海。詢之僧，曰：「海夜叉也。此特其小者耳，大者長丈餘，有兩手，似蝦蟇而無後足。海濱常見之。」

異獸

海鹽俞漢乘，名雲來，令江西之湖口。邑多虎患。有貢生家在兩山之中，夜忽聞一物墜其屋上，梁瓦俱裂。次早視之，見異獸墜兩櫃間而死，羊頭羊蹄，牛身馬尾，不知何怪。康熙丁巳年事。

異魚

俞漢乘在湖口，漁者獲一魚，重斤許，魚頭鼠身，云鼠入水所化。亦丁巳年事。

人魚

康熙乙亥春，平湖乍浦海濱獲一物，如人，頭面五官四肢全具，女形，兩乳無別，腹白如魚，背青有鬣，無髮，長五六尺，一二日而斃。兩年前海鹽獲一物，形正同，僅長尺餘，蓋人魚也。《史記》始皇冢中以人魚爲膏，代漆燈，豈是物歟？

鯊魚腹鉢

嘉善武進士陳玉明爲松江金山衛守備。海中獲鯊魚，重千斤，剖之，腹有石鉢，蓋魚吞僧而鉢不化也。康熙初年事。

產異

長洲人水文卿言：其母爲收生嫗，至一產家，其婦產一怪物，龜蛇併體，蜿蜒能動。嫗持刀砍殺之，即時戰慄得病，不久而死。康熙十四年事也。且云其母曾見產三目者，頭中空如臼者，手出於胸者，皆不育，如此者歲恒有之。

雄雞生卵

康熙甲戌十二月，松江吴南林中翰家，雄雞生卵，大如鴿蛋，殼甚堅厚。以椎椎破之，亦具黄白，白如凝脂不散，黄帶赤色，無他異。

襄陽縣怪

雲間癸酉孝廉李日華曙之，曾祖明季爲襄陽令，署中時有怪。一日至内堂，忽見四柱有人面千百，大如指，環柱鱗次，非土非木，刮之如粉。戲云：「何太小耶？」次日四柱皆然，大如人面。復戲云：「可復更大乎？」次日四柱止四面，大如車輪，然亦無他異。占者云係獻賊兵燹之兆。

僵尸鬼

山東某縣一荒塚有僵尸鬼，每爲人害。康熙某年，有二役同解一犯過其地，時值大雨，天暮無所投止。行至初更，遠望有微火若燈，趨至，則破屋前後二間，闃無人聲。入内視之，一婦人方背燈而哭，遂告以投宿之意。婦云：「我夫新死，尸尚在外舍，家無他人，不便留止。」三人以雨夜難行，再四懇之。婦云：「外有夫尸，恐諸君不安適耳。」三人願留，遂共宿尸旁。一燈熒熒，二役已酣睡，此犯心悸，展側未寢。忽見此尸蹶然而興，犯驚慄不能出聲。尸就燈燻手使黑，往塗役面，兩役俱不動。後復燻手，將至犯身，犯大呼，狂走出門。尸遂追之，連過二橋，尸猶未捨。犯奔入破廟，踰短垣而出，尸撞墻僵仆，犯亦昏倒墻外。迨明，行者見之，以姜湯灌甦，始述昨夜所見。共往跡之，則二役並死於荒塚之旁矣。

小姑譴侮

俞漢乘令湖口時，有湖口關監督任滿，送之至小姑山，則彭澤界矣。泊舟山下，筆帖式某偶彈一鳥，飛入小姑廟，追之入廟，鳥伏神像上，復彈之，正中小姑肩。衆共止之，不以爲懼。漢乘回未一日，忽有飛棹來言：『筆帖式肩發一疽，號呼不輟，特來延醫，比醫至，彼已死矣。』又湖州姚陟山，任湖廣學道，其令郎返浙，過小姑山，入廟題詩，有戲狎之語。同舟友四人，三人屬和，一人不能詩。迨次日放舟中流，風發舟覆，姚與四友俱溺，其不能詩者遇救得免。俱康熙年間事。

藥物成形

康熙二十五年，海寧園花鎮祝去非，庭前每夜有白光，月餘不滅。怪而掘之，有物類人形，重六七十斤，首面臂股悉具，但手足指不分耳。胯中無物，有葫蘆一枚。先是，庭中有瓜蔞一本，已一二百年，每年藥肆買去瓜蔞甚多，此物正其根，乃天花粉也，惜爲肆中割裂貨之。祝驥霞親見之。又三十四年，狪雨連月，平湖馬子發室中墻壞，偶築墻址，掘出枸杞根一枚，正如狗形，重三十餘斤。衆以爲仙品上藥，馬索價數百金，無售者，親友共割而貨之。此二物不遇識者，爲俗人所分，真可惜也。

山魈

石門沈樂亭，於康熙三十年間令閩之寧洋。寧洋皆山。時出點保甲，偶至一里，里民迎入公館。入其中，房屋新搆精潔，而似無人居之者。宅夾兩山之間，林木叢翳，陰森可畏也。勉駐一宵，頗有戒心。比曉，詢隨役，云：「此地有山魈，形似人，長僅三尺，青黑色，口濶至耳，大如血盆，時出攝人。此宅搆成，即爲其所據，人不敢居，晝伏夜出，每引人至山窟迷害之。前官至此，即爲其竊去，大索深山，旬日始獲。」蓋與木客同類，而此物尤能害人，使作寒熱之病，至有死者，故土人並畏之。

孔亂説

嘉善孔亂説者，以卜行村里中，卜不甚精而妄言休咎，故得此名。偶至一親戚家，留午餐，將殺雞爲食。孔力止之，繼以誓，遂止。晚夕宿其家，正舂米，懸石杵於朽梁之上，孔臥其下。更餘，睡夢中忽有雞來啄其首，孔驚寤，驅之復睡，甫睡又啄，如是者三。孔不勝其擾，遂起覓火逐之，身甫離席而杵墜，正在其首臥處。孔遂悟雞報恩也，每舉以告人，勸勿殺生。

天雨豆

康熙三十四年五月，湖廣漢口天雨豆，好事者携至，余得二顆。大如小赤豆，紫色，有一點黑處似蒂，然絶不類荳。聞尚有大者，余未之見。

男子産女

康熙三十三年夏，德清縣白雲橋地方，男子産一女。里隣報縣，細審不誣，將男子責十五板，以厭其怪，釋令寧家。其女寄養親戚家，至今尚在，亦無他異。

五色小龍

山東蒙山中間有石罅，窺之，水光明亮。水中有細龍，形如蝘蜓，大止一二寸，其色不一，五彩爛然。水不流出，龍亦不長，莫測何物。

鐵柱宫

江西南昌縣郡城内鐵柱宫，東南隅有小殿，殿中有池，云鐵柱在池中，其實非真跡也。真鐵柱宫離城數十里，地名生米渡。宫中有池，池中有鐵柱，乃許真君鎖蛟之處。其地居民每歲製鐵鎖一條，置殿池内，經宿即有舊鐵鎖在池側，而新鎖不見矣。其舊鎖兩頭微銹，中間一段明滑逾常，似受鎖磨光者，殊不可解。

火藥局災

康熙丙子十一月初七二更，福建省城火藥局忽然大響一聲如霹靂，黑煙透天，震倒居民房屋數百餘間，燒死壓傷人口數百，燒燬火藥一三萬八千餘斤，硝八萬七千餘斤，磺十一萬三千餘斤。總督具題，地方官賠補，見邸抄。

畜蠱

凡畜蠱之家，必盟於蠱神曰：「願此生得富甘，世世勿復爲人。」其用蠱也，其人既死，死者之家貲器物悉運來蠱家，其受蠱之鬼即爲蠱家役使，凡男耕女織，起居伏侍，有命即赴，無不如意，若虎之役倀然。中斯毒者，唯自投糞窖中稍或可解。閩之尤溪、永安、沙縣諸邑皆有蠱。近有尤溪王令，買瓜一擔，次日瓜中皆蠱蟲。責買辦者，以某家所買對。遂拘賣瓜之人問之，云：「某家從不造蠱。」刑訊之，其人云：「有造蠱者與某有仇，必是人也。」即拘造蠱者至，其人不諱，遂夾三棍打一百板，並無痛楚，收禁囹圄，半夜失其人所在。至其家追捕之，則已舉室遁矣。近歲有異人傳治法，凡至蠱者之家，須挾一雞入門，蠱家解意，即付藥一服，彼此不交言而退，服之無患矣。

飛　蠱

石門沈心涯守開化時，偶坐晚堂，見空中有流光如帚，似彗星之狀。問之胥役，云：「此名飛蠱，乃蛇蠱也。畜蠱之家，奉此蠱神能致富，但蠱家妻女，蛇必淫之。蛇每於晚間出遊，其光如彗，遇人少處，下食人腦。故開化居民，時届黄昏，不敢露坐，恐遭其毒也。」

换　腿

雲南沅江府普爾地方，能以土木易人之腿。初亦不覺，數日後始苦行步不隨，不久即死。

鬼　嘯

明末，錢塘大行陸公鯤庭，舟過吴越戰場。至晚野泊，忽聞鬼聲自遠漸近。陸曰：

「汝豈有冤，何不我訴？」鬼聲即逼舟次，漸入艙中。陸懼甚，呼僕起羣逐之，鬼入案下，逐之，竟入褌内，遂脱褌棄之水，急放船而行，猶遠遠聞褌中作聲也。是年陸公殉節，亦其兆歟？

溲遇鬼擊

甲寅三逆之變，浙中軍行絡繹，雇夫牽纜。有羔羊民李姓者，自杭應役而歸，至石門，未甚晚，將歸羔羊，過南門石牌坊下溲焉。旡一人突起而搦其陰，痛入心髓。適遇便舟，遂附而歸，方言其故。夜未半，忽狂語曰：「我輩受刑，苦不能去，天晚依石坊而坐，汝何溺我耶？」蓋每年秋决及梟首之盜俱在此地行刑，李盖誤觸耳。其家爲設羹飯祭之，然視其陰囊青黑，二丸堅冷如石，三日竟死。

永寧仙跡

永寧州通大道處，有土岡，岡側一小茅庵，庵中一道人，以賣馬鞭竹快爲業。傍置一爐，取炭焠鞭快，即成人物山水花草，較倭銀更細，所獲錢即修路及橋。人每過其處，必下馬少憩，未嘗知其異也。後道路橋梁俱已修整，道人忽不見，相傳爲散仙云。觀其以炭焠花，且終日未嘗飲食，所居地數十里無人煙，行客過之，雖寒暑不見變易，是真仙客矣。康熙甲戌、乙亥間事。

華頂長人

康熙乙丑，余過濟南，寓趙生鍾英家。夏夜露坐，偶談其祖十六七時遊西嶽華山，曾登絶頂。蓋有良田數千頃，道士自耕自食，百歲者極多，有眉長數寸者。耕牛俱道士背負小犢，懸絙而上，雞犬畢有，但無婦女耳。最難上者有猢孫愁等處，橋木朽腐，旁夾朱欄，云希夷仙跡，終不敗也。絶頂有石屋，其祖與同行數人往瞻禮，出遇一人，長丈許，衣草裙，不言不笑。衆咸拜之，似有喜色，遂共述進香之誠，大人於空中取桃，人賜一枚。時正十月，亦不知其從何來也。

長鬚道士

鍾英又言：數年前於濟南見一白鬚道士，鬚長七八尺，欲觀者，解鬚囊，以温水洗而垂之，道士立高几上，鬚垂至地。亦一奇事，因並記之。

筆録不虔之報

仁和桐扣鄉陳穎先，乃名醫月坡之子，好鍊筆録，特構危樓三間，朝夕書鍊。忽降箕，作詩寫字，且能言休咎，甚靈驗。偶與婦女登樓戲謔，箕筆不至。忽一日降筆，云：「子仙骨已成，某月某日視樓際紅雲至，即可飛昇矣。」陳喜甚，至期沐浴以俟。天色漸晚，見簷頭果有紅雲冉冉而駐，陳遂登屋至簷，舉步乘之，顛踣於地，折其雙股，終身廢疾，請箕亦不復降矣，蓋褻慢之報云。

身有豬皮

嘉善江一庵，康熙辛亥年館於嘉興衛軍戴姓之家。戴有僕金大，不論寒暑，以布濶尺許者束腰。問之，固不肯言。强脱視之，有豬皮徑數寸，毛膚宛然豬也。

瞽者首豕

一庵又言：壬子年，有瞽者至嘉興算命。不知何許人，包巾壓眉，冬夏不脱冠。每演命彈唱，則額上蠕蠕而動。衆人去巾視之，額上有豬首隆起寸許，耳目口眼附於額，色黝，有微毛，但眼不開耳。

客死鬼還家

康熙年間，嘉興十八里橋道人港，皆甘姓聚族所居，以田莊爲業。偶有一異姓來居止，夫妻父子數人。其父小業營生，至蘇州病故，貧不能斂。甘姓共醵助其子載喪還家。其鬼亦隨之而歸，言語飲食，處分家事，與生無異。夜半即往田助其子種耨，未明輒呼其子力作，但不見其形。子偶私語疑之，父即大罵，空中與杖曰：「汝父子不認，非人類矣！吾在蘇州寓某人家，尚有虎丘蓆幾條，包袱一個，內有衣物幾件，汝可往取之。」子如其言往，果得之。田主吳南平遣僕計姓者往物色之，且譙責其子以妖言惑衆，將治之官。甫至門，磚石如雨，臨舟大罵，盡數計姓之隱惡。計不敢犯，倉皇竄去。後年餘寂然，不知何怪。

鬼倩人引路

嘉興塘匯有施姓者，家頗殷實。康熙年間，時值殘冬，雇人舂米。有王大者住居對河，至施處賃舂，晨入暮歸。偶一夕歸稍遲，路遇傍村隣家主婦，呼大曰：「我欲歸家，畏多犬，汝可引我過橋，送至家中，感德不淺。」大亦素熟其家，與之同行，至則不俟啟門而入，大駭之，旋悟其已死久矣，遂驚仆門外。其家聞犬吠甚喧，恐歲暮有盜，出視之，識爲王大，扶起，以薑湯灌之甦，述其所見，則主人之母也。歸恍惚數日，始得平復。

窗現鬼面

揚州武舉陳某，其少時在室中燈下讀書，夜深，止一婢困臥於案旁。其燈忽青黯無光，火焰緑色，細如豆，室中皆暗。忽見窗上一人面，小如錢，驚視之，面漸大，愈明晰，目口皆動。陳大叱之，復漸小如初。不覺惶懼，連呼家人起，面忽不見，燈朗朗復明。家亦無他，但此婢月餘病死耳。

生魂改嫁

康熙丁丑春正月，石門長浜村鄭姓之妻，年甫二十三歲，忽謂其夫曰：「吾將別汝去矣！」夫驚詢其故，妻曰：「吾昨夢一老者，將我改嫁與人，得銀十兩，主昏成契。我已見其人，似俊於汝，家亦不薄。」夫笑曰：「此春夢也，何足信哉！」不數日得病，三日死。死時夫哭之，妻曰：「我非汝婦矣，彼處安樂，新人相得，無用悲也。」言畢而瞑。

義狗塚

順治八年，杭州清泰門内有趙姓，家富，陳姓，家貧，二人比屋而居，相依甚久。趙姓畜黑狗一隻，甚愛之，飲食悉與己同。陳每云：「畜類豈可以人待之乎？」然陳姓貪謀趙姓家貲，陰買盜誣扳，置趙於獄，陽爲與之料理，席捲其財。狗則日間往陳就食，夜則至趙室哀號，如是半載，趙卒斃於獄。而陳亦偶病在床，狗日夜伺其室作怒視之狀，陳疑之，令人持棍守門，不令狗入。狗乘人稍懈，突入陳室，上床咋陳立死。家人共持刀殺狗，首已墮地，猶嚼齒作格格聲，其身復跳躍數次。隣里以爲義狗，有藍姓者捨園地，葬之於弔橋側，至今其塚立碑巍然尚在。

三官示現

康熙二十年，松江東門内陳姓開小典鋪者，虔奉三官齋，日於像前頂禮，求示顯靈，如此積一二十年矣。是年十月十王日下元之辰，陳於像前誦《三官經》，令僮看店。適有鄉人以舊布袍一件質當，陳誦經畢，出店視之，布袍敝甚，要當三錢。陳估止可當二錢。鄉人再四相懇，陳未允間，忽捏袍袖中似有一物如簪釵之類，遂如數質去。携入視之，乃金釵一隻也。陳喜極，稽首像前曰：「今日始獲意外之報也。」仰視塵案上有字數行，云：「朝也揖，暮也揖，揖得我來你不識。金釵送你作香錢，從今再不與你做交易。」陳悚然自失，始知貪念之見譴也。未幾陳死。

兄弟復和

杭州江干楊氏弟兄三人，長曰復初，次曰文涵，季曰瑞芝。文涵素有幹能，父以生意託之。父死分析，文涵悉估腴産私畜，兄弟所得甚薄。長兄爲人愿朴，故爾唯唯。季弟心獨不平，屢萌弑兄之念。如是數年，懷念愈深。一日私製利刃，藏之身畔。偶值其次兄他飲，晚而未歸，瑞芝遂欲行刺，與妻燈下暢飲俟之。忽見一人立於門外，血肉淋漓，連呼瑞芝曰：「汝兄歸矣，我同汝往，速殺之！」夫婦皆大驚仆地，久而始甦，因轉念曰：「弟兄本骨肉，我以分財不均之故殺之，天豈能容我乎？惡鬼之來，皆心所造也。」因連夜夫婦同往叩其兄門，道其故，叩首泣謝。翌日，即同兩兄奉刀投之於錢塘江中，兄弟相好如初。嗣後瑞芝謀生，往往意外得利，漸成小康。此康熙七年事。

蝦蟇蠱

閩有蝦蟇蠱，與金蠶蠱大略相同，事之者輒富。其來也，人或於路側見金帛甚多，知是送蠱，貪味者遂奉以歸，其蠱亦隨至。送者遺一册，書事蠱之法及行蠱之術甚備。奉之者家庭洒掃清潔，止奉蠱神，至二氏之教及一應神祇俱不復奉。每至金日，則蠱神下糞如白鳥矢，刮取以毒人，非庚辛申酉日則不下蠱。中其毒者，必先一噎，則蠱入百節五臟矣。其始也昏憒脹滿，至蠱食骨臟俱盡，則死矣。其毒或入飲食中，或彈衣領上，或雞鵝魚肉果蔬之中皆可下蠱。活雞有蠱，則兩腿中皆蟲，而行止鳴啄自若。肉有蠱則煮之不熟。凡蠱入食物，隔宿即蟲出，故官於此地者受餽飲食，必宿而用之，無蟲者非蠱也。事蠱之家，蠱死之人皆爲役使，凡耕織之事，鬼皆任之，故不用人力而粟滿庾，帛盈箱。至除夕，則以雞子祀之。夫婦裸拜，且與算帳，每蠱一衙役算銀五錢，秀才算銀四兩，官長算銀五十兩，蠱多者獲利必厚，少則薄。如或厭惡之者，必倍其來之數以送之，又有貪昧者奉之而去。

空藏 二則

順治年間，嘉興北門内陸姓人，混號仙家，借住朱迪臣大宅。家中多見異物，晝夜不寧。請巫卜之，云：「大廳古樹下有埋藏。」仙家遂具香楮牲酒於廳前玉蘭樹下，掘之，果見石板，啟板下有大罈數個，開視，化爲白水，如粉漿湧躍沸出，濺人衣袂皆白。仙家頭面被濺者皆成白癜風，以此成病而斃。

康熙年間，崑山葛稼孫買顧氏宅。夜見庭内白光燦然，以爲藏物，掘之，得大石板，啟板，有缸兩隻。缸中水濺起如濆珠，色俱凝白，著人衣襟，如雲母粉。遂復掩之，後亦無他。

大穀

明崑山顧瑞屏先生之父，少而好道，數十年不倦。遍遊名山，入天台，渡石梁，見一人挑稻穀一擔，其行甚速。異而就之，見其穀赤色，長寸許，因拜求之。主僕各與一粒，令即食之。後顧翁八十餘歲，遇鼎革，閉口不食而逝。其僕年九十餘，順治年間尚在。

康熙三十二年，句容縣移風鄉産瑞禾，一本數莖，一莖數穗。其穀大於常禾數倍，周四十里皆然。江南撫臣奏進御，見邸抄。

江南海嘯

康熙丙子六月初一日大風，海水泛濫，江南崇明縣共淹四十餘沙，屍骸堆積如山，夜間鬼哭神嚎。本縣建醮三晝夜，祭度鬼魂。常熟縣薛家沙，共淹百姓一千二百七十餘家，一村止存三百餘人。上海縣海邊沖壞房屋，淹死百姓三百餘人，别處氽來屍骸約有數百，棺木亦有數百。每至夜間，有鬼哭之聲，喊稱求救。松江府建醮七日，將棺木焚化，造骨塔收埋，各行賑濟。又如皋縣丁堰塲沿海地方，淹溺民人無數，海水俱紅。將紅水一瓶呈解，督撫具題，俱見邸抄。

狗祟

安定令許顧言，署中畜一黑狗，數年矣。乙亥冬，狗偶竊食，顧言之妾命家人捶之，顧言輒命打死。不數日，妾忽發狂作狗言曰：「我乃城隍座前黑馬也。何物許鬍子，輒敢殺我！家人又剥我皮，食我肉，便不得托生。我且報汝，先使汝驛馬盡斃。」已而驛馬果有倒斃者。顧言朝服臨叱之，妾作狗言罵詈愈甚。乃至城隍廟齋醮超度，取狗皮，仍縫其餘肉，祭而葬之，妾病亦漸愈。令弟覲文言之。先是丙寅年，顧言家畜一猴一狗，甚相狎，後狗産一物，猴首而狗身，殺之。是歲無妄涉訟，頗致耗費。

農夫附屍

康熙癸酉，蘇州閶門外上新橋某姓者，家止獨子，父母鍾愛。年近二十，勞瘵而死。將殮，忽蹶然而起，毫無病狀。父母驚喜，遽扶起問之。子曰：「此是何處？非我家矣。」父母以其神魂未定，進參藥湯飲。子不食，曰：「汝夫婦何人也？」父母曰：「汝我子也。今死而復生，此天地祖宗之祐也。」子曰：「我乃唯亭鄉間農人也。昨患傷寒而死，冥中以我陽壽未盡，即令回陽，不意我屍已爲妻所燒化矣。因無所歸，偶步至此，見門有白牓，因入觀之，忽然復見天日。我欲歸去，我豈汝子哉！」父母以子爲狂譫，不之信。其子求去愈力，否則惟有死耳。父母不得已，買舟隨之至唯亭，子竟行田野中，入其室，問其妻，則已嫁矣，求其農器，則已失矣。遂至親戚隣里家，述其生前事及清理平日債負往來甚悉。衆皆訝其聲是而人非，父母則終以爲其子也，復强之歸，子輒私遁，遂鎖諸其室，不兩月鬱鬱而死。

不死草

崑山高板橋藥鋪王姓者，向奉教門有年矣。康熙年間，忽然無病而死，死時語家人曰：「我心口中未冷，勿殮。」越三日果復活。自是以爲常，每年輒死數次，或一二日，或多至十餘日，輒復活，比康熙丙子，約死過二十餘次矣。或問其死去所見，堅不肯言，但勸行好事，念佛持齋，勿用大斗戥秤，畜鴨最爲罪重而已。其人約五十餘歲，號不死草。

工匠魘魅

崑山李左君，房舍閎鉅。嘗召匠修墻門，薄其工食。匠作爲魘魅，人不知也。修理畢，即典與曹明經青虬遷居之。居後每歲家中多病，禳禱方愈，未久又病，又復禳禱，十年以來，禳費不貲矣。後值牆門壁壞，見壁内木穿畫一緑衣判官，旁有小鬼持鐵索，一足跪，一手指内，傍寫「妙訣」二字，字甚端楷。遂刮去之，宅得平安。此康熙丙子年事。

女棺爲祟

康熙三十一年，餘杭西北鄉方姓者，女未嫁而歿，殯於荒丘。隣有朱生，少年韶俊，忽見美女夤夜往來，入其書室，遂相綢繆。將及半載，淹淹抱病，日漸羸瘠。父母詰之，堅不肯吐實。病日篤，父母危言動之，始語其故，亦共疑爲此女之祟也。時雨雪初霽，共往察之，見其子户外有弓鞋印泥，循跡至女殯處，及棺而跡滅。遂告此女之父母，共啟棺視之，顏色如生，焚之而祟絶。

宗三爺爺

錢塘徐孟麦先生，乃明丙子孝廉蘭生先生父也。適嶺南，道鄱陽湖，方舉帆，舟子急請祀宗三爺爺。孟麦問：「宗三爺爺是何神？」舟子側身摇手戒勿言。既渡後，數月歸復渡湖，舟人竟舉櫂而濟。問之曰：「胡不祀宗三爺爺乎？」舟子笑曰：「今安得尚有此怪！」固詰其所以，答曰：「昔明太祖與陳友諒戰於此湖，奪其所乘巨艦棕纜，大如斗，三斷之，投湖中。其二已化蛟螭，隨風雨遠去，不知所之，其一在湖爲祟，弗祀即有波濤覆溺之患。此怪時現湖中，往來觸舟，無敢徑渡者。今年湖涸，棕怪浮入淺汊，不能出，初猶動盪，涸甚，臥沙灘間。人競往觀之，荇藻滿身，有若鱗鬣。報之邑令，令至，命舉火焚之，中有腥血，臭聞數里，五六日方燼。」蓋彼時行軍賽祭，或牲血所釁，或人馬血所漬，取精多而用物弘，宜乎其爲祟也。

鬼頭風

餘杭王士安，隨其父白虹宰江浦。邑署後有土丘焉。時當重九，士安同友人登眺間，忽見旋風自城西起，墜入池中，倏而復起，似有兩物相鬬，如鳩鴿狀。士安取千里鏡視之，乃人首二顆，被髮露齒，互相擊觸良久，東西分散。蓋世所稱鬼頭風者，實有其物。此鬼神情狀不可意測者也。

塲中鬼代筆

武林陳雲起，名之樫，與弟丹兩兄弟同學，而丹兩才更優，文名甚噪，雲起不及也。丹兩蚤死，士論咸惜之。康熙癸卯，雲起入棘闈，文思艱澀，比午不能畢一藝。忽然昏睡，夢中丹兩進席舍，促之曰：「速起！吾爲兄搆此七藝。」雲起强執筆，不假思索，俄頃完卷，謄真時猶覺丹兩在側，忘其死也。迨交卷出號舍，則恍如一夢矣。是秋得售。迨甲辰會試，丹兩復至如前，遂得聯捷。雲起每爲人言之不諱也，始知春草池塘之夢爲不誣矣。

蛟害

嚴州府淳安縣之某鄉，地當山巃，居民家於谷口。巃之對山，有巨蛇匿焉，夏夜時出當道，人暮行者往往跨而過之，亦不傷人。自順治初年至康熙初年二十年中，茲地常苦旱。暑雨蘇苗之際，他處霑足，此處僅飄洒而已。人亦不知何故，但見雲將至，及巃必散。荒歉頻仍，居民轉困。甲辰秋，田禾蕃茂，亟需時雨，雲作而雨散如故。忽一日，風雨䨟霴，從西北來，大雨如注，水湧丈餘，及至巃口，則截然如塹，阻扼不流。俄而震雷大作，霹靂向巃中下擊者六七。未幾，巃水通流，若决江河，崖壑皆滿。數日後，人往對山，見擊死巨蛇，頭有一朱角長及咫尺，蓋蛟也。是秋大熟，始知廿年弗雨，皆此蛟所禁，龍亦畏之，不敢過焉。妖孽困民，天固弗縱其毒也。

犼

東海有獸名犼，能食龍腦，騰空上下，鷙猛異常。每與龍鬭，口中噴火數丈，龍輒不勝。明末，錢塘徐孟夌先生在海寧縣署中修邑志。一日風霆陡作，冰雹如拳如椀，屋瓦俱裂。聞署外有人喧呼曰：「龍又與犼鬭矣！」遂登高樓望之。但見黑雲兩堆，雹發前雲中，而後雲電光閃爍追之。移時，前雲漸低，後雲淩壓其上，俄頃雲散雨霽。明日，有民人報某山中一黄龍墮死，長十數丈，蓋爲犼所殺也。康熙廿五年夏，聞平陽縣亦有此異。犼從海中逐龍，至空中鬭三日夜，人共見三蛟二龍合鬭一犼，殺一龍二蛟，犼亦隨斃，俱墮山谷。其中一物長一二丈，形類馬，有鱗鬣，死後鱗鬣中火光猶焰起丈餘，蓋即犼也。

天狗

康熙壬子四月廿二日黎明，錢塘西北鄉有孫姓者，家方有蠶，門尚未啟。隣人蚤起採桑，過其居，見孫屋脊上有一物，似狗而人立，頭鋭喙長，上半身赤色，腰以下青如靛，尾如箒，長數尺。驚呼孫告之，甫開門，其物騰上雲際，忽聲發如霹靂，委蛇屈曲，向西南去。尾上火光迸裂，如彗之掃天，移時乃息。數十里内皆聞其聲，亦有仰見其光者，所謂「天狗墮地聲如雷」也。甲寅有逆藩之亂。

雪花

辛未冬雨雪，奉天大内丹墀、馳道、墻壁、屋瓦俱結成種種異花，南北名卉，無一不備，枝葉蕊瓣，儼如圖畫。上朝文武官役無不目擊，又以地寒，數月不化。

大頭鬼

乙亥冬，奉天城内每至三鼓人静，遍聞擊柝之聲，人共駭聽。有人夜起察之，見一物如人，頭大如數斗甕，其口如箕，張噏作聲，如擊柝然，身有黄毛，轉相驚恐。遂有兇徒假作，效其形聲，夜行者遇之，輒掠取其財，或剥其衣。將軍下令嚴捕之，祟亦旋息。

食黿受報

康熙戊寅三月間，石門縣酒糧倉走遞夫鄭大，掘地得五六黿，各長二尺餘，烹而食之。是晚即狂亂，作黿語曰：「我五兄弟，自明朝成化年間修行至今，與汝何仇，將我輩殺食？汝死有餘辜矣！」腹中似有物嚙其腸胃，號呼徹夜，次早即斃。

醫生遇鬼

桐鄉醫生趙某者，住居附郭。康熙戊寅正月間，偶赴病家請，歸已昏黑，天又將雨。未至家數里，有人自後呼曰：「趙某，前路有鬼甚多，汝無往，回轉至我家暫宿可也。」醫心疑其爲異物，不應且前。其後呼之甚急，醫愈懼，疾走至一橋。橋下又有人呼曰：「趙某，過橋鬼甚多，汝不可往。」醫視橋下二人方裸而浴，時初春極寒，益駭其怪，遂不過橋，從小徑還家。行未半里，見一矮屋，熒熒有燈，或明或滅。時已下雨，遂叩門求宿。內有婦人應曰：「男子不在，不便相留。」醫懇栖簷下，許之。將更餘，婦開門延之入，醫謝不敢。婦引之甚力，且求合焉。醫視其燈青黯，且手冷如冰，知又遇鬼，亟欲奔走。婦雙手挽其頸，以口就醫之口，既而大噦，曰：「此人食燒酒生蒜，臭穢何可近也！」遂入。醫復冒雨而走，遥認一親戚之宅，極力叩擊。內驚出視，遂登其堂，即時昏仆。其家以姜湯灌甦，問之，始細述其故。次日送歸家，病十餘日而瘳。還過前宿之矮屋，則一孤塚也。

昭陵雷火

昌平州境，明之昭陵在焉。陵有稜恩殿。康熙三十六年四月初五日夜，先有火光圍繞，旋被大雷一聲，將稜恩殿燒燬俱盡。直撫沈朝聘具題，見邸報。

豬產象

康熙丁巳十一月，杭州清波門外回回墳民家，豬產一白象，不乳而死。觀者甚衆。

豬產怪

康熙乙亥四月，海寧北門外民家產一豬，二首，一首兩目，一首一目在額，而八足。合縣傳觀。

壬午四月，海寧長安鎮定香橋民周恩桃家產一豬，三目六足，一目在額，二足在腹。

元題名碑

新安吴楞香苑爲大司成時，於太學啟聖祠土中獲元題名碑三。一爲正泰《國子貢試名記》，蒙古、色自、漢人皆有正副榜。别部落降元者謂之色目。一爲至正十一年《進士題名記》，蒙古、色目列三甲，狀元爲朵列圖，漢人、南人列三甲，狀元爲文允中，皆無榜眼、探花。一爲至正丙午《國子中選題名記》，蒙古賜正六品，色目賜從六品，漢人賜正七品，亦皆有正副榜。可以考元人科甲之制。

遇仙得瘖

仁和邑衿沈某，家候潮門外，舌耕爲生，素有度世之想。康熙三十九年間，夜夢黄衣道士翩然而至，頗有開導之意。次日猝遇其人，宛如夢中所見，遂延至書館，叩頭求度。道士約「三日後於八卦田俟我」。生往，道士已先在，挽之而行，如駕虚乘風。生忽念家有母妻，懇求放歸。道士以手一推，則身踣於塘棲鎮，瘖不能語，進退蒼黄。有隣人識之，挈還其家。舉家正在駭異，而道士復至，羅拜求之。道士笑而不答，拂衣徑去。值文宗歲試，生以瘖不能赴，不得已，告病而投詞張撫軍敬止，懇移交張真人求解。撫軍憐而允之。未幾，真人府牒到，予一符，令生吞之，又牒城隍審理。生焚牒之夕，夢數役攝之入廟，跪於堂下，仰見道士居中坐，城隍旁坐，屈身爲生請。道士曰：「此子有向道之心，且有厄，余故欲度之。今忽有不净心，旋生退悔，故罰之耳。既真人有言，行即釋矣。」叱冥役押還家，生寤，即能言。其人現在，自述鑿鑿。

卷 下

古磚石刻

前明崇禎庚辰年間，閩人陳衍嘗著一書，中載一則：鷺門僧貫一，以請經過福州，言：去夏晏坐籬外，小陂陀有光，連三夕。發之，得古磚，背印兩圓花突起，面刻隸字四行，文曰：「草雞夜鳴，長耳大尾。千頭銜鼠，拍水而起。殺人如麻，血成海水。生女滅雞，十億相倚。起年滅年，六甲更始。庚小熙皥，太平八紀。」貫一覺有異，默識其文，投磚海中。予按此讖「草雞長耳大尾」合成「鄭」字，謂芝龍也。「千頭銜鼠」，甲子叛。以甲子亡，故云「六甲更始」。「生女十億」，合成「姚」字，謂總督啟聖滅臺灣也。「庚小熙皥，太平八紀」，爲今上紀元，萬壽無疆之兆，可謂驗矣。見尤艮齋《雜記》。

祝玉成牙畫

康熙初年，浙杭祝玉成，號培之，年八十餘，畫事入微，渺如秋毫之末。余得一牙牌，長一寸五分，濶一寸。一面畫虬髯下海，其中虬髯公、李靖、紅拂、虬髯公夫人、奴十人、婢十人、箱籠二十，楚楚排列，鬚眉畢具。上寫曲一齣，筆畫分明。一面畫二十小兒，種種遊戲悉備。内一小兒放風箏，其綫有數十丈之勢，高空紙鳶，亦可辨焉。然其筆墨所占，特十分之三四耳。至於粒米而真書絶句，瓜仁而羅漢十八，無少模糊，觀者以顯微鏡映之，無一苟筆。

銅章絶技

康熙丙子，余在杭，見銅章二，各方寸。一刻《陋室銘》，一刻《愛蓮説》，篆刻清晰，工妙無比，亦絶技也。

黑米

楚武昌府漢陽門内，舊有陳友諒廣積倉基，今皆爲民居。康熙甲子年，有地中掘得黑米者，黑如漆，堅如石，炒之即鬆，研爲末，治膈症如神，價比兼金。臨海教諭吴牖丹在楚親見言之。

祝三多

杭州富人祝三多，赤手成家，纍數萬金。及病篤，床頭嘓嘓作聲，如蝦蟇之鳴，聽之，聲出銀櫃中。三多命妻子力疾扶起，以手扣櫃曰：「祝三多尚在此。」遂絶。然未幾死，長子以嫖賭喪家，次子遭訟，一貧如洗。仙靈寺前所造居室甚麗，已數易主矣。

生魂代筆

福州侯官學廩生杜成錦，家貧，居府學公廨，夙有文名。甲子秋，有泉州父子二生同來赴試。初八日，其父病，不能入場。其子初十日早出闈，父謂曰：「我今年頭場文字甚得意，但可惜爲他人作嫁衣裳耳。」子問其故，父口誦七藝，題目無訛。子駭問曰：「豈父夢中神識所搆？所謂他人者何也？」父曰：「我爲一吏引入號舍，與杜名成錦者同坐，杜之七篇，乃我作也。我授汝七破，可覓其人問之。且其人今科應中二十六名，亦可預報之。我窮乏老儒，倘渠能資我歸費；且日後富貴，我父子亦有所望矣。」其子果遍覓得之，其窮相等。語之以故，且報名次，杜亦不信。後示以七破，杜乃恍然。及放榜，果廿六名。

口技

揚州郭貓兒善口技，其子精戲術，揚之當事縉紳無不愛近之。庚申，余在揚州，一友挾貓兒同至寓。比晚酒酣，郭起，請奏薄技。於席右設圍屏，不置燈燭。郭坐屏後，主客静聽。久之無聲，俄聞二人途中相遇，揖叙寒暄，其聲一老一少，老者拉少者至家飲酒，投瓊藏鈎，備極歘洽。少者以醉辭，老者復力勸數甌，遂踉蹌出門，彼此謝別，主人閉門。少者履聲蹣跚，約可二里許，醉仆於塗。忽有一人過而蹴之，扶起，乃其相識也，遂掖之至家，而街栅已閉，遂呼司栅者。一犬迎吠，頃之數犬羣吠，又頃益多，犬之老者小者遠者近者哮者同聲而吠，一一可辨。久之，司栅者出啟栅，無何至醉者之家，則又誤叩江西人之門，驚起，知其誤也，則江西鄉音詈之，羣犬又數吠。比至，則其妻應聲出，送者鄭重而别。妻扶之登床，醉者索茶，妻烹茶到，則已大鼾，鼻息如雷矣。妻遂詈其夫，唧唧不休。頃之，妻亦熟寢，兩人鼾聲如出二口。忽聞夜半牛鳴矣，夫起大吐，呼妻索茶。妻作囈語，夫復睡。妻起便旋，納履，則夫已吐穢其中，妻怒罵久之，遂易履而起。此時羣雞亂鳴，其聲之種種各别亦如吠犬也。少之，其父來呼其子曰：「天將明，可以宰豬矣。」始知其爲屠門也。其子起，至豬圈中飼豬，則聞羣豬爭食聲，奪食聲，其父燒湯聲，進火傾水聲。其子遂縛一豬，豬被縛聲，磨刀聲，殺豬聲，豬被殺聲，出血聲，燖剥聲，歷歷不爽也。父謂子「天已明，可賣矣」，聞肉上案聲，即聞有賣買數錢聲，有買豬首者，有買腹臟者，有買肉者，正在紛紛爭鬧不已，砉然一聲，四座俱寂。

獨足鬼

富陽桐廬山中多獨足鬼，人稱爲獨脚仙，比户祀之。否則紗帽緑袍彳亍而來，夜入人家，能魘人至死。又能竊人財物飲食，城中亦不能免。時作老人扶策至人家，夜與人共宿。親而奉之，所求必得，否則爲祟。按夔即獨足鬼，山魈木客之類也。夔形似人，一足，挾杖能升高巘，入人室，竊飲食衣服，亦害人，巢居於木，有匹偶。豫章諸山多有之，居民見之甚悉。

蘭石軒

山東學使署中有蘭石軒。白石廣二尺許，長五尺，石理細潤，天然成横幅蘭蕙，花葉生動，披拂湘江之渚，但少香氣耳。昔人欲鋸而分之，石堅不可斷，乃止。見張樸庵先生《海岱日記》。

產魚

康熙年間，湖州北門外民婦產魚十餘條。

託體復生

康熙戊寅夏，松江時症盛行，多致不起。有東鄉村人之妻病死，越日復甦，聽其語，則嘉興土音也，曰：「吾何由至此？吾乃嘉興北門外某姓之女，年十七，尚未適人，偶患病昏聵，似一夢然，今始甦醒。此非吾家也。」因慟哭求歸，舉家驚異。其夫試往嘉興察之，則果有某家女新病死，有父有兄。遂語其故，其兄隨至松視之。女相見悲喜，述父母年歲并居室篋笥衣飾之類，無不吻合，懇與其兄歸家。衆以爲不可，遂公議留之，仍爲夫婦焉。

又

是時同郡有庠友陳咸京者，其婦翁姚姓，有田産在寶山地方，遣家人往索佃户舊租。至佃户家，則其村中皆染時疫，佃亦新病起。入與索之，則其人皆徽州語音，曰：「我未嘗欠汝舊租也。我挈本來寶山，遭水至此，貲本全失，無以還家，豈知汝租帳耶？」姚僕大駭，連叩數家，則皆徽人也。奔歸告其主，咸詫爲異事。蓋丙子年寶山城爲海水所漂，城内外無得免者，此必徽商死而今始附形也。

水災免厄

丙子年，寶山城水漂死者數萬户。有老夫婦止一幼子，住小房一間。其人向善日久。有一僧至城中化緣，無人施者，此老獨齋之，且纍旬不倦。忽一日，僧謂之曰：「汝家有大難。但汝善人也，可以免厄。」因令買白綿紙百餘幅，遍糊其屋，相戒舉家安寢，聞異聲必勿出。其夫婦謹受教。是晚海水泛濫，聲如雷霆，城垣房舍，隨波入海。迨明，水退聲息，夫婦始出，則一望平陸，無一椽一瓦，而此屋巋然獨存，所糊白紙並不沾濕。後官勘水災，見之皆嘆異，稱爲善人之報。

有尾人

順治年間，金壇毛友夏販布至嘉興衙前橋鋪行，身有尾，其長半尺，有白毛寸餘。人伺其浴，迫而觀之，毛不諱也。言其父向業布行，中年無子，偶至一山，登絶頂，步入古廟，荒廢已久。方眺望間，忽覩一美婦，姝麗非常，驚問從何來。女曰：「某乃山下某氏之妾也，爲正妻淩逼，逃避至此。」毛曰：「汝弱質焉能登此峻嶺？」女曰：「廟後有仄徑，吾家往來甚便。吾棲此已兩日矣。」毛曰：「汝既懼還家，能隨我歸乎？」婦唯唯，從之至家。性極和柔，毛妻亦安之，且念未有子，姑留爲妾。頗善操作，舉家相得。未幾妻死，遂爲正室，産友夏。生而有尾，父欲棄之，婦曰：「此異相也，且如無子何！」遂育之。毛每經營困乏，婦必助之貲，不知物從何而來，但得息必索其本，約無愆期，即償亦不見其藏庋之處。逮友夏十餘歲，父死，婦撫友夏泣曰：「吾緣盡，從此辭矣。」屬家人善視之，迨夕不見。嘉興俞約夫親見友夏自言之。

鬼交產蛇

海鹽俞氏有一僕，善成衣，因名楊裁衣。幼時其母孀居，有一外交，相好甚篤。未幾，其外交死，魂入其室，與母共寢。時裁衣幼，與母同宿，夜啼則魂下床匿於鞋中，兒睡復來，交媾如人，但體冷如冰耳。年餘，忽見夢其母曰：「我死後爲蛇，因與汝孽緣未斷，故復相聚經年。今將託生，有一語切囑弗言，則禍汝矣。汝已有娠，然而異類也。汝某夜烹帶毛豬蹄於房門外祭我，亟至後園中掘一土坑，坐其上，可免也。」母如其言，至夜半坐坑中，腹痛異常，俄產十數蛇，目俱未開。母密掩之，後竟無恙。

黠盜婦

張秋有一婦，年三十左右，雇驢欲至兗府探親。途中問驢夫：「有妻乎？」曰：

「無婦。」曰：「我亦新寡，與汝盍爲夫婦矣。」驢夫大喜，因野合焉。迨至府，謂驢夫曰：「我母家頗豐，若如此衣服，不便同歸。」因予十金，令至某緞鋪買緞二疋。持歸，婦密燒其數處，驢夫不知也。婦曰：「如此破緞，汝買之何用？與汝飯後同往換之。」已密置毒其中。驢夫食訖，遂同至緞鋪，共争論間，驢夫已毒發死矣。其婦以緞鋪殺夫，遂欲鳴官。緞鋪情急，以五百金賄婦，婦遂挈貲騎驢而去。蓋借驢夫以挾詐也，可謂黠盜矣。康熙三十年事。

龍肉

杭友張世常，館於汪宇昭給諫家。時給諫尚未就選，偶與親友會食，買一青魚重三十七斤，因以肉作鱠。宇昭適齋，不食，客共食者七人，其肉肥美，全如腹腴。逮卜夜，忽聞廚人驚閧。主人入視，久不出。世常疑之，因入其庖室，但見主人錯愕之狀，問之，乃所餘之魚暗中有青光一二尺，閃爍不定，聽之索索有聲。食者咸疑中毒，共皆倉皇，因留宿不去。至半夜，但覺腹中微脹，亦無大苦。或曰：此龍肉也，食之多壽。

許七遇仙

東洞庭席、翁、吳、許四姓皆巨富，而許姓衰落。有許七老官者，家貧而患瘵，骨立聲嘶，命在旦夕。偶令其子扶出門外閒步，忽遇黄胖道人，視之曰：「子病篤矣。我化汝太平錢三文，予藥三丸，可供在香火堂内，作一次服之，有救也。」許受其藥，入覓太平錢，不可得，遂携米升餘出施，而道人不見矣。是夜病甚，其妻聞道人之言，試取藥進之。一服而熟寐，再服而霍然，三服而聲朗體強，壯健異常。逮十餘年而殁，蓋夙緣也。康熙十五年事。

地中雞聲

吳醫趙潤周居東山高田，亦許氏舊業也。康熙三十年夏夜，忽聞堂中衆小雞啾啾作聲，細聽之，乃在地下。東逐則西走，西逐則東走，總盤旋堂内，更餘而寂，亦無他異。崑山城中陳姓家亦有此異。

八足龜

康熙二十七年，外國進貢一龜，長幾二尺，八足。至揚州，觀者如堵。崑山何銘三家僕錢三在揚，目擊之，云尚有十八斤蟻，則未之見。

雙胷人

康熙三十一年，京師有一乞丐，携其子約八九歲，兩陽道並生胯下。觀者人畀一錢。後不知流往何處。亦錢三見之。

直脚僧

康熙三十五年，常州有一僧，兩股止一節，直立無曲膝，兀坐草篷。觀者人施錢一二文。亦能行坐，但下體甚短耳。

枕雞

康熙戊寅冬，杭州市中有賣小貓一對，雄者赤色，雌者黄色，小如畫眉，曰「枕雞」。作高枕，置雞其中，半夜輒鳴，不爽時刻。有人以銀八兩買去。

三脚狗

杭州江干有狗三足，一足在胸前，行則彳亍伶仃，立必倚牆，否則易仆。康熙己卯新正，見者甚衆。

龍龜

康熙三十五年，當陽漁户獲一龜，徑三尺，頭隱隱有兩角，口正方，頷下有鱗，四翼，翼如雞鴨之翅而無毛，四足俱有鱗甲。獻之撫軍，命畜之玉泉。觀者不啻數萬人，未幾死。

龍與犼鬬

康熙癸酉六月，仁和皋亭山中驟雨大風，有龍與犼鬬。龍吐冰雹，犼吐火，在黑雲中或隱或現，一一可辨。犼如獅子，龍則如常所畫者。所過之樹俱燋毀。鬬至錢塘江而没，一路桑麥俱爲冰雹所損，厚者積至一二尺。

酒樓仙蹟

台州有村名斑竹，在重山曲徑之中，地當孔道，居人止二三十家，行客於此食宿。有酒樓廢址，僅一高壁，巍然不傾。壁上有仙題云：「二十年前樓上客，曾題東壁與西壁。人情翻覆似浮雲，唯有青山不改色。」相傳萬曆年間，此樓乃一冷酒店，極其寥落。有一丐者，每日持錢數文來飲酒，或時無錢，店主亦不較。是後酒店日盛，車馬經過必至其家，此丐亦去，店遂改爲高樓，生意冠冕。二十年後，此丐復來，欲登樓飲，酒店主以其丐也屢拒之。一日雪甚，丐來，適過客充滿，求宿不許，乃於橋上雪中臥焉。晨起，折枯竹一莖，於樓外墻上飛白題此詩而去。後店業日衰，竟燬於火，此壁獨存，字字可辨。

天台石梁龍

嘉興優婆夷李氏，康熙己卯四月間，約伴至天台進香。畢，遊石梁觀瀑布，從石梁茶亭而下至谷中。石湍漩瀨之間多五色魚，長一二尺，游泳其間。忽見白光晃目，細視石間，一龍蜿蜒，長幾尋丈，首如世所畫者，但兩角壓耳，口齒粲然，目垂出外，紅如大寶石，光耀射人，背青緑色，脊鬣間紅白色，而有六足，俱五爪。同遊四人皆見之。引路僧言：此羅漢化現，即在山諸老僧亦不能多見也。

龍首骨

康熙丙子正月初八日，德清縣藺村荷葉浦村民罱泥，得龍首骨一具，兩角長不及尺，短額聳鼻，兩眼孔大如椀，鋸牙雙出，頸骨長二尺餘，兩旁扁骨濶如牙笏。載至新市鎮，傾市聚觀。貨於藥肆中，堅如玉石。

三首人

丁子範者，京都人，任江南都司守備，老寓杭州。言順治四年丁亥，從廣西至湖廣，入西巇山。同行兵役共七人，山路崎嶇。午後見巖際草屋數間，因求寄爨。屢呼無應者，再四呼之，內有人應云：「我不可出。」强之，復曰：「我出恐汝驚懼耳。」其聲啁啾如鳥語。丁復强之，則一人長八尺餘，三首矗然，但止兩臂，昂藏而出。俄頃又出一女，亦三首，首有高髻。衆大惶遽，踉蹌而逃，行數里心始寧，不知何怪也。

狐怪

海寧有金三益者，窮迫無聊。有人勸其入都覓館地，遂挾兩金，附糧艘而行。抵都旅寓，將及半月，毫無所遇。逆旅主人知其囊罄，纍逐之。金無計，忽念卜之於神，聞人言黑龍潭嘗有狐仙，試往問之。時值重陽，登高者亦往遊焉，日晡方至，人已散，獨行。遇一老嫗騎驢，又牽一驢，迎喚曰：「金三爺何來遲耶？」金大駭，因前致禮，且述窘困之狀。老嫗曰：「某家去此不遠，何不過舍寬坐，少遣悶懷？」因以所牽驢乘之。行數里，又見一嫗，前嫗謂曰：「我適有事，汝可送金三爺至宅。」遂去。後嫗復引行一二里，至大宅，嫗先進通。少頃，引金入門登堂，華飾精潔，古玩列陳，堂懸倪雲林畫，柱聯則董思白題也。俄頃二青衣獻茶，香美異常。屏後若有數婦人笑語，似嗤其藍縷者。茶畢，青衣引入澡浴，浴罷易以新衣。又引至內室，幽雅香馥，不類人間。甫就坐，青衣報曰：「公主來矣。」有數婦人擁一麗人至，姿容妍雅，但微覺黃瘦。相延就坐，珍食羅列，酒味芳醇。既醉以飽，時已初更，同入洞房，牙床錦被，貂幙銀燈，竟成伉儷，但不言笑，而枕席之事狂蕩無節。次夕亦然。金念：此何地，此何人，因我心迷惑，以招此祟，必狐怪耳。聞狐變人必有尾，交合時方欲捫之，女心已知，大罵曰：「汝真負心！汝一窮漢，我憐而收之，且有夙緣，故得至此。今汝輕薄，狗彘不若矣！」因嚙其脣，蹴之下床。金痛暈幾絕，及醒，天已將明，赤身臥黑龍潭草中。故衣在側，匍匐而歸，脣上四齒痕在焉。翌日即狼狽南還。此康熙三十年間事。

鬼産收生

徐濱溪言其祖母盛氏，杭右族也。祖母嘗言在室時，見收生婦王老娘者自言：十月初十，夜半有扣門聲甚急，啟視，則喚收生者也。有淡青色燈一對引之上船，其行如飛。至其家，坐褥者乃一紅衣婦人，稱曰大娘。其姑稱太太者與收生婦共食，但酒肴俱冷，不甚可口。食畢臨盆，産一子。其姑與銀半錠，大娘又私贈銀五錢，復以原舟送之歸，天尚未明也。少寐，覺腹痛異常，嘔吐狼籍，皆樹葉也。因驚疑昨晚産子者非人，撿其所贈，乃冥鏹半錠也。唯大娘之銀則朱提焉，疑爲殮時受含之物耳。

尸起白日

順治乙酉春，崇德州錢鎮西二里許，傍暮夕舂未下，一村人經荒塚，忽出一尸，行動如生人。其人不覺也，與之同行半里許，漸疑爲異物，驚呼避之。其尸突前，與之搏鬭移時，是人幾斃，幸聲聞里隣，共起救之，其尸遂仆。

石坊畫圮[一]

甲申臘月初八日，崇德縣前有解元牌坊，卯刻大風，坊忽圮，時遇害者四，傷不死者二，驚且不傷三。最異者三人同行，兩人偶相拉佇語，語未竟而前行者已虀粉矣。又一行者，忽耳後呼聲甚急，回視，則所呼者從來未識面，正在遲疑，幸脱巖墻之厄。尤異者一人，在危石崩陷中，視之咿咿有聲，乃數石柱駕虚，是人適處石中，啟而出之，

[一] 「晝圮」原本作「畫記」，二字不知所云，自是「晝圮」之誤。

竟無恙。

食鱉斃命

康熙三十七年七月間，松江西門外超果寺前熟食鋪買一鱉，重二斤，烹置盆内賣之。來往者但見是空盆，因此無人買食。已經三日，每日换湯，至第四日，其壻來望，店主即以此鱉飼壻。壻云：「我奉三官齋，不食鱉。」店主乃自食之。次早巳牌，店主不出，排户入視之，則已死牀上矣。壻述其故，觀者如堵，因共稱奉三官之應，否則其壻死矣。松江醫人朱秀海親見言之。《禮》曰：「水潦降，不獻魚鱉。」王充謂：「雨水暴下，蟲蛇變化爲魚鱉，離其本真，暫變之蟲，臣子謹慎，故不敢獻。」蛇變鱉而毒，固其宜也。若蝦蟆爲鶉，雉雀爲蜃蛤，黄鶯爲汪刺，則亦不爲毒，物性之不可知如此。

蛇鱉二則

康熙辛巳四月，嘉興錢琳條偶欲宴客，命僮買鱉二枚，各重斤半。一鱉腹微紅，廚人宰之，甫斷其首，尾間忽出蛇頭，長半尺餘，驚而棄之。更宰第二鱉，剖其腹，亦有赤蛇，一身二首，如駢拇然，此鱉腹不紅，無異常鱉，意俱是蛇所化。蓋鱉黿皆與蛇交，食者不可不慎也。

六直鎮水文卿，雇工人老而短，混名鬼土地，善撾鱉。觀水草泡沫，即知有鱉。偶得大鱉，重三斤，持至魚市賣之，足有五爪，餘無他異。三日人無買者，因自食之。少頃覺渾身異癢，皮肉俱浮，浸淫出水，以手搔之，肉隨手下。迨晚，癢愈甚。比明晨視之，化爲血水，唯爪髮耳。康熙三十三年夏月事。

有角黑白虎

康熙三十八年八月，杭州净慈寺間有黑虎，頂有獨角半尺許，食旗下放馬數匹，按虒似虎有角。見者甚眾。十一月間，仁和大雄山有白虎一，亦有獨角，率四虎早行村間，數日而去，不傷人畜。

天雨紅豆

三十八年十二月二十日，仁和潘村地方天雨紅豆，匝一二里，大如黄豆。拾歸者數月變青黑色，皮皺，嚼頗清香。

割耳奇節

康熙三十五年間，唐嶼鎮諸生林國奎妻鄭氏，夫死守節。有叔文芳以言挑之，氏怒割左耳，告於宗老，杖之。又爲謾言投其子書篋中，氏見之大怒，又割右耳。氏父烣訟於官，卞中丞永譽親（鞠）［鞫］於轅門，觀者數千人，重杖枷示，民大悦。時夏旱，是日大雨。氏俄而雙耳復生，完好如初，蓋天顯奇節，古今罕見事也。

徐庶飛昇

康熙三十五年，廣東五指山白日雲鶴翔空，香霧繚繞，有一仙人昇舉空中，語山中人曰：「我三國時徐庶也。修煉千餘年，今得沖舉。汝輩可傳與世人知之。」又杭州孫靜公者，崇禎十四年於蘇州閶門遇徐庶。其令子元芳言。

七洲洋中怪異

海船至七洲洋中，見諸怪異。每有大箭鴉飛繞檣上，毛羽若帶矢狀。又浪上竪小令旗，或紅或黑，乍浮乍沉，一枝過去，一枝復來，續有數十枝。舟中相顧駭異，莫敢言，或謂是鬼船也，見則不利云。忽一時風濤奮發，雷霆滾滾，有烏龍蜿蜒出船左，燒硫黄雞毳，又以穢物揮洒，得不近旁。又一夜陰雲晦昧，星月無光，忽有火山從後起，光燭帆上，如野燒返照，漸與船並，水工兢以木扣舷，不絶響，約兩更次方隱。知爲海鰍目光，柁掛其體，捩柁横開，始得脱耳。粤僧石濂遣徒至海外大越國，歸記此。

産石卵

紹興周山吴公弼妻章氏，病痿十餘年，忽變淋瀝，小便不通，臥床不起，醫藥罔效。

有老姨婆，年八十餘，曰：「此症我曾見過，非藥可治，必産一石卵方愈。」衆皆不信。又年餘，至康熙三十七年五月間，産一石卵，大如鵝蛋，光滑有細花紋，以斧擊之，毫無所損。其卵至今尚在，章氏前症霍然俱愈。

人首蛇

康熙己卯二月，福建將軍一披甲，家中地板上忽有穴如碗口，有蛇人首，時時出没。人驚避，蛇曰：「汝勿避。吾久寓此，弗爲害也。」披甲舉戈擊之。蛇曰：「我不可擊，擊則汝禍至矣。」因忽不見。見小抄。

女化爲男二則

渭川孫元芳静庵，丙寅年四月自武昌赴荆州，道出馬洋潭。有黄翁者，爲人孝義，家貧，爲鄉塾師，無妻無子。年且六旬，有一女嗣姑，年十四，幼在塾隨父讀書。嘗自繡白衣大士，供奉禮敬甚虔。一日，忽夢大士呼其名告曰：「汝父孝義，合當有子，奈年老何？汝可變爲男。」遂撫其身，啖以一紅丸。女覺遍身發燒，昏迷不醒者七日，竟化爲男子。翁向以其女許字譚姓，冬將出嫁，因往告之。夫家不信，鳴於官，使穩婦驗之，果真。時四方好異者往來雲集以觀，孫適過此，因往視之。嗣始出迎，衣男子衣，著靴而緑鬢，耳璸猶在也。蓋縣官恐上司知之行查，故不令去粧耳。孫有詩贈之。

東明縣城南十八里曰畸嵺營，居民陳氏弟兄二人俱無嗣，生女共九人。其第九女於康熙三十八年冬出嫁，至三十九年六月，聞雷，閫内逼，往後園出恭，歸室中，俄雷震一聲，已變爲男子。舉家駭極。其翁姑疑爲親家所紿，然半載伉儷，依然夫婦情好周篤。今其人已歸父家。紹興金克昭往訪之，視其乳及下體，竟屬丈夫，惟足初放，猶以手捫户而踰閾焉。

龍鬚

康熙初年，曾有龍鬬秦、鳳山澤間，脱其頦。鄉人拾歸，湔取其鬚，以遺翰林李渭清澄中，異而寶之，在京邸每出以示客。見建寧守龐雪屋詩集。

人化

人化爲虎，貴州最多，婦人即化，男子則不化也。康熙二十六年，定番州上馬司土官方名譽之母，獨坐室中，忽門外有數虎往來其間，母即神癡，以手據地而攫食。侍者扶掖，輒怒搏之。數日，口漸濶而目竪突，身有黄毛，跑踔欲出。外虎日夕至門候之。一日偶值弛備，跳踉入虎羣，就地數滚，變虎而去。三十六年，開州民家一婦亦如此，已逸入山，尚未全變。其夫與子求而獲之，載與俱歸，飲藥醫治，月餘復爲人，今尚在。州守王紀青親言之。

脇產

康熙三十六年，廣州府城外下九鋪蔡姓者，本福建人，身往洋船。妻謝氏，懷孕年餘不産，至十四月，左脇下大痛，忽裂數寸許，兒從裂處露首。産至七日，僅出其肩，穩婆以手拔出之。兒遍身白毛，亦已死矣。産婦創終不合，延至半年始斃。

東洋海中

海怪多作黑浪，浪中鬼物披髮登舟，舟人持兵器驅逐之。或出没乘船，靈旗豹尾，天昏日慘，投以香飯或紙錢始没。海鰍如山，駕奔濤撞舟，兩目如日，牙如山峰。或舟行入蜃氣中，樓閣城市，宛然陰翳，白日忽雨，多至壞船。舟人叩請天后降神，見星星流火集帆檣上，呼吸之間，百靈咸集，澄波一色，水平如鏡，共相慶幸得免沉溺矣。

七聖院

桐鄉辛丑進士朱聲始彝言：其蘇州同年汪君之弟，病癱瘓，困頓床第，年久不愈，移至園中養病。時值中秋，月明人静，正在呻吟，聞窗外婦人笑語聲自遠而近。須臾見數女子連袂艷粧，披帷而入。汪君强起，叩其何人。答云：「妾等七人，皆張王士誠之姬也。昔年齊雲之變，同日殉節。上帝憐之，封爲七聖。園中某處，乃妾輩藏玉之所也。君痼疾欲痊，能捨此園爲妾輩香火，可勿藥而愈矣。」汪君欣然願爲立廟，諸姬慰謝而去。不旬日，病果霍然，遂捐金改造，虔奉香火，即其園名七聖院，至今尚在。

趙如如

蜀人趙如如，長髯偉軀，明時爲邊將，已殉難矣。康熙癸卯，與崑山何英相遇於浙之衢州。何疑其鬼也，驚駭欲絶。趙徐曰：「吾與子爲異姓昆弟，不知吾爲學道人耶？」蓋趙生平精天文術數之學，兼習五行遯法，其殉難也，若古人尸解者然。後何爲天雄别駕，偕之北行，居常服一黄道袍，雖寒暑不少易，不飲不食，惟酒無算。何有事，欲遣人之楚。趙持其札，晨往暮返，所賫回文印信猶濕。辛酉之保陽，時撫軍大讌賓客，供一玉盤於高座。趙忽近前，取玉盤碎之。撫軍驚詫，趙笑曰：「子爲畿輔大臣，何氣度不廣乃爾？玉盤在後苑井中，可往取之。」遣視果然，及覓趙，已不見矣。自是遂不復遊人間。歲甲子，客有自普陀至者，趙寓書於何云：「近在南海修道，知子有滇行，宜亟歸，不必往。」何不聽，竟至荆州而卒。

肉身土地

嚴州山中有土地廟，夜有人臥香案下，夜半見虎入廟土地神前，問：「明日應啖何人？」神言：「明日有人從某方來，身白衣，拍扇高歌者，是汝口中之物也。」其人明日持巨梃候之，果有人如神言者，乃戒令他往。虎果突至，奮梃搏擊，遂斃虎。乘怒氣趨至廟中，罵土地神曰：「汝受地方香火，不保佑民生，乃教虎食人，此位還該是我坐！」遂推仆土地而踞其位，嗒然而逝。土人遂即其身裝塑供養，號肉身土地。至今此地無虎患。見勞貞山《芥園雜著》。

自知前生

黄陂縣民王甲者，能知前生事。自言其前世趙姓，句容縣某村氓也，以磨腐爲業。

一夕聞簷前窣窣有聲，啟户視之，忽被二卒勾攝至冥司。冥司撿其籍，乃訝曰：「勾誤矣。是尚有二十九年。」即命二卒押回。回時行野田間，翱翔無拘束。甲自念平生作苦，做鬼亦殊不惡，顧謂二卒曰：「吾不歸矣，與汝俱逃，可乎？」二卒皆應曰諾。於是相携北行，方渡揚子江，忽被大風從東來一冲而散。甲隨風飄揚，晝夜許不得息，後遇一大樹絓而止，其地爲河南某府某縣界矣。時特飢甚，樹旁人家方炊，入其廚下覓食，凡遇飲食既熟，輒嗅而享其氣。初時身極虛飄，足不能着地，享氣既久，遂能踏地行。一日登其樓，見女子頗倩麗，乃就而與之狎。其女子既被蠱惑，不復思飲食，或閉户自言自笑。其家人皆曰：「必鬼祟也！」急召巫師驅遣。」旦而一女巫至，甲稍揶揄之，已踉蹌遁矣。明日一道士挺劍而入，方揮斥間，忽蹶撲地，即以劍插道士之頸。其家無如之何，適有親戚來候者，告曰：「吾聞數日内天師且至，盍往謁之？」甲初聞天師甚驚，然亦不知其若何利害也。數日，天師果過其境，家虔請以至。乃結壇設醮，威儀甚盛。天師登壇，甲從旁睥睨，雖不敢如女巫道士之戲，然亦了不見其可畏。少頃，法官四人歷階而昇，氣色凛凛。甲意是必能爲吾害者，然姑視其所爲。一法官就案前取黄紙大幅，朱書而焚之。甲仰視虛中，已佈彌天之網矣。一法官又取數小幅，亦朱書而焚之，則見房闥户牖間皆有一小網矣。甲暗笑：「吾踪倏忽，得隙如針孔蟻穴比，而可出入往來無礙，是疎疎者何能爲？但聽之耳。」焚符既畢，四人分左右敷席而坐，各閉目入定一炊時許，白氣一道從頂門而出，直上冲霄。甲始大駭曰：「光景不好，不如急走！」走而抵網，則網堅如鐵石，雖望之空疎映徹，卒不可得出。益窘甚，伏匿户下以瞰。旋見白氣瀰漫，天門蕩開，一金甲神人乘雲而下，詣壇前取法旨，即奮修羅長臂，揭網探得，投之壇下而去。天師乃臨訊曰：「爾何怪也？」甲具述始末如是，願歸仍磨腐耳。法官請以五雷法殛之。天師曰：「彼雖作孽，然未至殺人，姑貸其命。」乃取一甕，裝其中，塗之以堇泥，朱符鎮其上，令其家持至十里外坎而瘞之。甲在甕中甚困苦，然亦不覺飢渴。但其地當孔道，晝夜聞行人往來及車馱鈴鐸之聲。一日，忽駭而走者曰：「流賊至矣！」已而聞殺掠焚毁之聲，啼號遍野。後數日，又有駭而走者曰：「官兵至矣！」其焚毁殺掠號啼之聲亦如之。如是往復數四，千里蕭條，幾無人聲。又歲餘，忽聞數人過其旁，相語曰：「今天下已爲清朝，吾人稍可甦息矣。」已而有就其旁呼賣飲食者，已而有造屋開店者，因取土打墻坎而得甕，皆疑其爲藏金也，揮鋤擊之，嚗然甕破。甲得逸出，方徬徨無所之，而前二卒適至，呼曰：「某甲，陰府符下，令汝往生黄陂縣王姓爲男，陽壽二十九年，不得再延也。」

冥資

高陽《長發堂偶述》載：一友夢故人某來訪，且索酒食銀錢，許之。友復諄囑：「錠須滿金滿銀，方爲足紋；若紙多金銀箔少，即係低色阡張。楮帛須完全焚化，火熄後宛然一貫青蚨，冥間堪使用；若散亂付火，即如人間將低錢敲碎，不可用矣。」

滇趙三則

趙州有洱海，土人詣大理府必由之，然風波甚惡，稍知自愛者皆從陸路。其海中有望夫崖，雲起則不敢行。相傳鎮一孽龍在海中央，其雌龍居蒼山，每欲相會，則蒼山雲起，排如階級，環二十里，至海中而止。是日狂風拔木，屋舍皆颯沓有聲，然凝視天上雲，未嘗稍轉移，亦無大小濃淡之差，真怪事也。

趙州牧有二署，一設州内，一設迷渡。州轄四里，迷渡轄五里。其五里錢糧詞訟，悉於迷渡經理。所設牧署，至午餘輒不可坐堂，坐則亂石從空而下，或碎人首，視之皆水底石也。州牧卓然有聲者不敢擊，擊亦不傷，然必河水泛溢，致一方盡淹，相傳以爲古龍王廟址云。

趙州出西門行十八里，有池一泓，上塑龍神，乃女像也。土神稱之爲四老太。每旱極，則州牧預發牒於城隍，至期陳牲設醴，禱於神祠。以一瓢浮於水面，俄頃得一魚，狀如蜥蜴，魚鱗魚尾，四足五爪。州牧率吏民鼓吹迎歸，供城隍几案前。俄而横風怒雷，挾雨而至，田野沾渥。即備牲醴謝龍母，仍以瓢浮魚水面，逡巡而没。

土司變獸

又土司楊姓者能變三獸，土人知之。至變虎之期，逐家比户俱閉門不出，預開城門，彼則望深山騰躍而去，一宿即返，返則仍爲人。若變驢，則土人置薌豆草具於通衢，恣啖一飽。變貓不過竊肉食之，須臾則爲人。云係祖傳，世世如此。其變獸亦有定期，故得備之。

滇中奇蠱

滇中多蠱，婦人尤甚。每與人交好，或此人有遠行，必蠱之，至期不歸則死矣。一客至滇，交一婦人，臨別云：「我已毒君矣，如期不歸，必腹脹，則速還，如踰月，則不可救。」其人至期果腹脹，逡巡不歸，腹裂而死，視其腹中，有餵豬木槽一面，真怪事也。

龍挾巨艦

康熙癸卯夏，如皋大雨雹，殺禾稼。有龍現雲際，挾巨艦飛空而過，不知墮何處。前者辛丑夏五月，丹陽至儀真雨霜。見新城王阮亭先生集。

掘地得犬

順治九年六月，餘姚下壩地方民家掘得一犬。按《晉書》元康中，吴郡民家聞地中犬子吠聲，掘之得牝牡二犬。占者曰：此名犀犬，得之者家富昌。

桑蝸黑雨

順治三年，嘉屬桑生蝸牛，食葉及豆苗皆盡。六年春，黑雨，少貯如墨水。

大名鉅鐘

康熙初年，重修大名府文昌閣，掘土見鐘紐，大如三間房，紐上放罈九枚，罈中貯水，黑、白、紅色各三罈。其鐘不知何許大，疑爲鎮壓之物，遂掩之。各隣村男婦聞罈中水療疾，争趨飲之，數日都盡。

異相

風鑑書載舌能過鼻，口可容拳，四乳、重瞳、駢脅、駢齒、舌文成字，非神仙即大貴之相也。青浦庚午孝廉張德純，口大容拳。石門甲子孝廉金銓，舌文成「學」字。德清人陳弘範，游手無業，以賭博爲生，家亦纍千金，舌舐鼻過寸許。又余外家老親許自明，駢齒滿口，俱大牙也，壽九十五歲，貧而無子。龍泉令金伯藴家僮，年十六歲，駢脅四乳，其二乳在腹，亦無他異。

雞頭蛇

新安胡簡侯在崑山行鹽，有僕陳選，偶至鄉，見一人於橋下濯足，被蛇螫立斃。告其鄉人，共發橋下石，得一蛇長尺餘，頭似雄雞冠，正赤，身黃赤斑，擊殺之。此蛇從來所未見也。康熙己卯年事。

水怪

湖州城内有月湖甚深。康熙年間旱涸，漁人入湖捕魚，於湖底得一物，如牛雙角，角上有鐵牌，取視之，皆蝌斗文，人莫能識，亦不辨爲何物。持報縣庭，纔行數十武，湖水沸騰，涌起丈餘，隨人而至，大風迅發，屋瓦如飛。縣官亟傳令送還湖中，風息水退。又同時湖州西北，一日碧天無雲，白日皎然，有二龍遊戲空中，蜿蜒自在，首尾鱗鬣，纖毫畢矚，逾時不見。觀者數萬人。俱潘喜曾諱麟述。

奇女殺賊

北京有夫婦某姓者，避仇來南，携一幼女，家於亳州，以賣腐爲業。積十餘年，蓄貲二百金。女年及笄，姿色韶艾，隣里咸欲聘之。其夫與婦計曰：「吾本北人，親戚墳墓在焉，今嫁女於亳，異時往來迢遠，且日久仇盡，不如挈之還北，擇親舊字之。」婦以爲然，乃僦裝雇二驢，婦女各騎其一，夫徒步。同行才二十里許，見兩騎挾弓刀，覘女貌美，强抱上馬，疾馳不顧。夫婦追奔數里，哀號乞女，騎弗許。夫婦曰：「吾有五十金，願賣贖女。」又勿許。三請罄其二百金，騎取其金，仍挾女去。夫復追及，騎拔刀殺之。婦見夫死，亦奔及號呼，騎並殺之。復行數十里，女見道旁有井，佯言口渴索水。騎以孱弱女子也，許之。下馬取水，不得汲器，女指曰：「前高樓中無汲器耶？」遂一人守女，一人往取汲器。未及至，女伺守者少怠，躍入井中。取汲器者至，以汲繩縋一人入井，以繩縛女，引之出，復垂繩引救女之賊。井上者方鞠躬下視，垂手力引，女乘勢極力推之，遂併墜。女乃跨賊馬奔高樓家，且訴其故。村人齊赴視井，果有二賊，其一折頸死矣。遂引其一出，甫上，女拔賊刀斷其首，槖金咸在。衆共報之州守，女訴父母死處，并已報仇狀。守驗其金，并遣驗父母屍，果然，大奇之，曰：「汝父母盡歿，隻身歸北，誰與汝主者？吾且無子女，汝爲吾女，吾嫁汝可乎？」女稽首謝，乃迎之入署，擇所拔諸生某才而未娶者歸焉，益倍其槖而予之，一時傳爲奇節盛德云。是康熙年間事也。

女子奇節

嘉興張天成，秀水吏胥，三考雜職，積蠹起家，把持官府，魚肉鄉里，人人側目。康熙三十年，有賊犯被獲，天成時爲刑書。捕役拘其夫婦到官，天成見盜婦色美，力爲保釋，盜亦免刑，拘禁在獄。因與盜婦通姦，日久思欲佔娶，遂買獄卒斃盜於獄，而已爲收斂，委曲挽人説合，竟取爲妾。盜婦時有女，年十二三歲。天成亦喪妻無子，螟蛉方姓之男爲子，即以其女許爲妻。迨女年長有色，天成又欲姦之，碍方在家，因尋釁逐之，時與挑誘。盜婦覺之，頗加防閑。天成日撻其婦，饑寒狼狽，不數月而死。康熙丁丑九月間，女年已十九，日夕嬲之，其女百計堅折。度不可脱，初八日，女謂天成曰：「我父母俱亡，方子又逐，我身自應屬父矣。盍以明日重陽佳節盡醉合歡，可乎？」天成大喜，遂治菊觴，父女暢飲。至夜，女令父先寢。父屢促之，女明燭登床，作羞澀迎拒之態。父興勃發，再四相促。女曰：「我處子也，未免驚懼，盍先以勢示我？」父喜甚，裸被出之。女預藏剃刀，以被冒父首，左手執其勢，右手執刀，即時割下。天成負痛起，扼女喉氣絶。少頃，割處血流不止，昏暈仆地。女得復甦，遂持勢并刀，出喊隣佑。衆咸入驗，無不駭異，即引女至秀水縣陳令名綍者。陳詢驗既確，即告郡公，大爲嘆賞，立呼方姓之子當堂完姻。天成被創深重，三日痛苦難堪，服毒畢命。縣令親往驗訖，以張氏家財之半給方夫婦，而以半給其母終老。本府黄郡尊亦給匾旌獎，合郡傳爲奇節，且以爲天成姦殺盜夫婦之報云。

地鳴得碗

康熙辛巳夏，桐鄉縣烏鎮有張姓者，舊家也，貧甚，賣住宅。已拆卸爲白地，有豬欄石板，亦起而賣之。正開掘間，忽聞石板下鳴聲如鐘，疑有埋藏，告張共發之，但獲舊碗五十餘隻，大小不等。再欲掘時，其土自陷漸深，遂懼，而仍以土石掩之。

古塜

德清風洋高橋之側有古塜，向來塜土高壘，上多荆棘，不知是何氏之墳。順治初年，村童刈草，土隤磚出，以鋤掘之，見壙中深濶異常，約略一二丈。里人縋入視之，得頭髮數縷，金、玉簪二枝，古鏡一面，五銖錢數十枚。其空穴至今猶在，塚中磚堅朴細潤，可爲硯。

辟穀婦

新市鎮沈俊生，字五容，德清縣庠生也。其妻李氏，十六歲在室時忽患奇症，病愈絶粒，即終生不食，不見其飢。十九歲歸於沈，終日惟飲熟水一二盃或鮮菓數枚，至今五十餘歲，面如少女。連生二子，亦無他異。料事每多奇中，究不知其爲何故也。胡熙元詳述。

魍魎

新市胡士弘毅垣，慷慨好施，兼有膽量。崇禎己卯秋夜，獨步月於朱家橋，見一巨鬼，身長數丈，坐人家屋脊上，濯其足於河。叱之，忽然不見。其子璉是年中式，明春聯捷。或曰此魍魎之類也，遇之則大吉。又錢唐徐蘭生先生，言少時讀書靈隱山中。黎明見長人俯高松咍視，長可五六丈，面目如人。瞪目相對，頃刻乃滅。又言其外王父，夜中見巨人端坐屋霤，足垂至地。王考向之拜，須臾不見。此蓋山川之氣聚而成形，罔兩與（魍）［罔］象、夔、龍本無體質，以其倏見倏滅，故云怪也。

拐賣人口

京師東城地方東便門外，爲往關東必由之路，一路開枋店者俱串通旗人，販賣人口。窑子甚多，所騙之人俱藏窑内，最難查禁。康熙三十一年六月，廣渠門外老虎洞，拿獲販賣人口劉三、夏應奎、張二等。劉三係正藍旗人，應奎係正黄旗下家人，張二係民。有孩子穆小九兒，在燈市口賣杏子，應奎賒杏，令跟去取錢，騙至麪鋪，給小九兒麪吃，臉上打一掌，隨即昏迷無知。跟至老虎洞，住一夜，即轉送劉三窑子内鎖閉，每日送飯與吃。又有劉六遇張二，騙至酒店吃了一鍾酒，隨即昏迷，跟張二行走，路遇劉六家小廝徐四，問主子劉六往何處去。張二即將徐四臉上撲一下，亦跟着同走。後因小九兒伺看守人醉，不鎖門，逃出首獲。據夏應奎等供稱：「劉三給我等一塊藥，或下在酒飯内，或着人口鼻内，被拐之人吃了就跟着走。同謀不止數人，窑子不止數處，販賣銀子均分。」巡城御史題參，奉旨嚴拿，究擬劉三極刑。

乩仙

德清蔡崑先生長君字麟武者，戊午歲召仙預問功名，焚符之後，其乩忽動，題曰：「誰云富貴即爲良，想到痴肥欲斷腸。薄命紅顏今已矣，泉臺應愛讀書香。」又曰：「生長臨清十九年，偶隨車馬過苕川。知心惟有墳頭草，月夜臨風泣杜鵑。」後寫「苕溪十景塘明霞題」。好事者尋至其處，果有石碑，題「才女明霞之墓」，蓋明季某太守之女死葬於此。詳詠其詩，必所配非偶抱恨而終者也。

七孔木

康熙三十三年大旱，湖州府城虹星橋下里民濬河數尺許，見一巨木，長十餘丈，大二三抱，直埋河底。木上圓鑿七孔，大如碗口，夜望之，隱隱有光。次日里民扛起此木，木下水勢一時大湧，眾共驚懼，仍埋其處，水勢方定。相傳郭璞鎮壓水怪之物，歸安縣有碑文在焉。

劉公主墓

康熙三十五年，嘉興東門外十里鄉人治地，掘着古墓。啟棺，一女面貌如生。塚中殉葬物甚多，有誌銘，乃劉智遠公主墓也。地方報官，亟掩之。

異僧火化

蕭山縣仙桃山一僧，俗姓王，終日危坐山巖間，十餘日不食不飢，一食斗粟不飽。能知未來事，人登山候之，必預知姓名。忽一日告眾曰：「某於某日西歸矣。」屆期遠近知者畢至，叙談移時，曰：「時至矣。」乃南面趺坐，以香二炷點火塞鼻，少頃鼻中火發，延及頭面身體，一時焚化。堅固子無數飛出，金光的皪，照曜滿目。衆造塔瘞其骨，并藏堅固子其中。

飛蜈蚣

康熙甲辰六月，錢塘烏山一村農，因天雨披蓑笠耘苗，忽雷電激繞其身。農懼而奔，雷電隨之，踉蹌棄其蓑笠，雷即擊其蓑。及霽來視，蓑焚殆盡，中一赤蜈蚣長尺餘，有兩翅如蝙蝠。蓋此物能飛食龍腦，故雷擊之也。

誤拘復活

康熙辛巳十二月二十二日，平湖監生顧子容，侍御楊葵齋之壻也，於早間病故。是晚有顧子賓者，乃沈扶九之僕，收取房租，正在賃房家數錢，忽然仆地，舁歸命絶，而子容蹶然而起。家人驚問之，子容曰：「我爲鬼役拘至城隍廟，見廟前有數百小兒，内中有識認者，皆親戚痘亡之兒也。後遇其久故姨夫，曰：『所拘者非汝，乃顧子賓也，可速歸。』引我至家，不覺復活，但身體疲乏，語言纔屬耳。」是年秋冬，郡邑鄉村痘疹盛行，故所見死兒之多也。

金船

離分宜縣一二十里臨江山壁，有一大石似碑，長可二丈，濶可七尺，就山石鑿成，上下四方皆山石也。上有楷書四行，每行八字，筆畫模糊，不能盡讀。相傳碑下江中有仙人遺下金船七隻，滿載金寶，沉此水底，此碑乃仙人遺筆也。如有能盡讀碑字，則七船浮露以贈。曾有異人讀至三十字，七船帆檣盡露，因二字不能讀，復沉水底。

飛鏹

康熙三十八年五六兩月，廣東瓊州府有元寶從空中飛過，往交趾、安南一路而去，有聲鏗鏗然。前有黃旗二面，中元寶不計其數，末有黃色如紙條尾之，自午初至巳刻方止。如此者兩月，凡官吏兵民無不仰視。有張德者爲余親戚舊僕，在府署中親見，歸述之。

齊王窖物

山左總兵何諱傳時，見齊王府夜放光，發兵掘之，得古錢數窖，古劍一口。又一物白色如磁，圓如毬，中有微痕，若兩碗對合者。儘力分開，中有物若金花胭脂，羃四圍口邊，愈扯愈長，可四五尺，潤澤如脂膏，放之自能收合無痕。遍示人，無有識者。

開河古物

康熙四十一年，嘉興郡守佟諱賦偉，因郡中城河久湮，不通舟楫，捐俸開河，居民踴躍樂助。二月十七日，在嘉興西縣橋下開出銅碗二隻，對合，雖有縫，堅不可開，古色斑駁，聽之，中喤喤有聲。新橋下開出船一隻，深埋河底，不敢掘而止。金明寺范蠡湖内亦有船一隻，半在城内，半在城外鴛鴦湖，相傳范大夫泛湖之船也。府橋下開出銅叉二股，比常叉高大，中條長三尺餘，光彩如新。城隍廟河開出古錢一罈，上有銅索一根。又開出順治通寶錢數千，背無字。但順治年間初鑄錢，皆有「户」「工」二字，後始鑄滿文，並無光背之錢，此尤不可解。寶帶河下挑出人頭無數。

文星閣陷

崑山文星閣下有深穴，閣建穴上。康熙癸未二月，聞閣上鰲魚自動，至五月動不止，守客僧欲以大鐵釘釘之，蓋以龍類畏鐵也。五月廿五日夜半，其閣忽陷，聲徹遠近而牆垣如故。黎明，衆往視之，文星、鰲魚俱陷入穴中，毫無形迹。四旁之地，履其上，空空然有聲，無敢探其穴者。

豬蛻

康熙癸未十月間，松江金山衛于巷民家養一豬，甚肥，而身沾塗泥，皮毛不潔。忽一夕，其家聞豬圈内有躑躅之聲，曉起視之，則見一豬柔毛嫩皮，鮮净可愛。顧見墻上粘一豬皮，從背坼裂，蛻出如蟬殻焉。隣里共觀，好事者醵錢買畜僧寺，爲放生豬。楊輔宜言。

倀鬼救友

順治年間，旌德有李姓村人，小名茶葉籮子，被虎傷有年矣。李存日與同村姓劉名啟者最契厚。劉偶上山砍柴，忽聞人聲云：「劉哥可速回家。」劉四顧無人，砍柴不輟。空中又言：「有虎哥哥在此，汝可速去！」劉言：「蛇傷虎咬，七世冤業。」空中又言：「瞎眼大蟲，撞着是數。」劉驚問：「汝是何人？」答言：「吾乃茶葉籮子也。」劉聞之駭然，因悟李爲虎食，必作倀鬼，以昔年相好，故來救我，踉蹌而歸，得免虎厄。

神術捕虎

江南旌德縣東鄉山中，有虎患數年矣。虎至數十，傷人逾千。縣官下令捕虎，嚴比獵户。日出噬人，竟不得一虎，乃燒山逐之。山勢連亘，樹木綿密，卒無可如何。康熙四十二年，東鄉王客往江西貿易，偶遇張姓父子二人，言有虎患不能捕。張姓自言我能捕虎，王客即出己資請之。其人至山環視，即知有幾十幾虎。乃搆净室，二人處其中，焚符行牒，攝召當境土神，晝夜作法。於有虎山徑設窩弓，其室中亦設窩弓，室中窩弓機發，則知山中窩弓必中一虎。如此月餘，已得七八虎矣。初得一虎，白質黑章，重四百斤，餘虎皆極大，非尋常物也。若數日不得虎，則復牒催土神，必獲一焉。久之，餘虎漸遯，不敢復出。官民醵金厚贈遣之。旌邑劉子禮言。

鸝砭軒質言

清·戴蓮芬 著

鸝砭軒質言序

稗官野史補正史所未及，有徵可信，君子弗以小説棄之也。近來作者日盛，志怪諸書習譏刺而鄰於激，言情之作貌風雅而涉於夸，言則文矣，紀載之本意謂何也？余不敏，少爲帖括所困，其於經世之文，稽古之學，茫乎未知，而又俗累紛紛，放其心而不返。偶涉筆墨，輒苦不文，閉門藏拙者數矣。顧自五上長安以來，光陰荏苒，半消磨於輪蹄馬足間。每當客館孤燈，伏枕不寐，則取夫半生閲歷，與夫良友之清談，野人之傳述，凡可以新耳目者，一一皆隨筆紀之，以當揮麈清談之助。本爲消遣，無取潤色以爲工；假此勸懲，奚事經營以示巧？特以中無一物，未免博衆口之胡盧。然以樸人作樸語，似猶勝於貌爲文者之令人作嘔也。有諒我者，節取其事，弗苛求其詞，是則余之深幸也夫。

光緒五年十月望日霌峰戴蓮芬自叙

目録

卷一

錢中丞

粵逆之亂，江以南所在陷賊。同治改元不二年，巨憝授首，重覩太平。人咸知曾文正公與左、李二相國盡心戮力，克成大勳，而不知其端實發於錢中丞鼎銘。鼎銘以舉人教習得訓導，援例爲户部主事，以憂歸。見時事多艱，遂不出。時江南唯上海獨存，吴中士大夫多携眷僦寓。賊謀上海愈急，上海故無備，而外又無援。曾侯甫克安慶，將東援吴越，無暇顧上海，沿途賊卡星佈，兵亦不能達。上海官紳集議，求可以如皖乞師者，難其人。公毅然請行，遂駕洋船從賊中直抵安慶，謁文正，極言東南數十萬生靈待拯狀。且言上海爲通商埔頭，貨物充牣，一旦資賊，則全無收復機。文正慮地僻，孤軍深入且無援。公力陳形便，繼以痛哭。文正公爲之感動，遂許之，命李相鴻章以淮勇移駐上海。公謀之吴人，（蹴）［僦］洋船五，破浪來迎。潛師直越賊卡一千餘里，安抵黄浦江，人心始定。俄而賊大至，四面環攻。李迭創匪魁，與曾、左三路夾攻，名城漸次收復，全省肅清。方其乞師也，蘇撫薛煥遣將募楚勇一萬二千，將東旋。文正慮所募皆各營散卒，徒糜軍餉，命公往截散之。公馳行，遇於漢口，簡所募九百人歸，無譁者。文正大奇之，而移師之議乃決。粵賊平，撤淮軍北剿捻，鴻章日夜逐賊不得息。公駐清江，主轉運，迄事平，餉無誤。咸豐七年，文正薦公可大用，伯相亦力言之，遂調大順廣道，擢按察，遷佈政。又二年，而河南巡撫之命遂下。公抵任，以緑營兵弱，請加餉練兵，行之有效，各省推而行之。練兵之名實亦自公始也。後薨於任，恤典有加焉。

薛執中

道光中，大學士福濟、文慶皆好神仙術，一時士大夫附會其説，如皋某太史亦與焉。有妖人薛執中，挾其術遊東三省，自言得異人傳，能驅神役鬼，起死回生，愚民奉若神而施無算。時邊外將軍某亦好道，聞其名，重幣招致，築百尺浮圖居之，而己膜拜其下。顧薛亦實有異術，非徒爲大言者。住口外數載，聞京中宰相求異人，薛欲往，將軍不肯。

薛大笑曰：「某行豈將軍所能禁哉？請以千人圍浮圖，而遣健僕兼程至京師，某如後期，非夫也。」將軍如其言，比報至，到已一日矣。先是，文相秉燭坐，忽簷端如飛鳥墜，一羽客翩然入，道骨仙風，鬚眉皆古。文相驚詢之，薛言：「口外將軍係某弟子，聞中堂慕神仙術，故不遠千里獻不死丹耳。」文大喜，叩方術。薛口若懸河，談論玄妙。文相乃闢密室，奉養極奢。明日，招福相及諸同志俱師事之。薛導以運氣採精及斬三尸諸術，娓娓不倦，部務幾廢。又以符水治人疾病，遠近閧傳，求治者無虚日。某御史，國朝包拯也，彈劾不避權貴，惡僧道若仇。會太夫人疾篤，醫藥無效，有薦薛者，痛訶之。太夫人故信佛，怒曰：「爾不欲母生耶？苟活人，僧道何害？」御史不得已延之。診已，薛曰：「易治耳。是腹中有二泥人，藥下之即愈。」御史益嗤其妄，姑試之，果然，左右喚神仙不置。御史大怒曰：「左道旁門，聖世所禁，况輦轂之下，妖人敢横行無忌哉！」具疏劾之。薛下刑部獄，嚴刑鞫問，盡得諸弟子職名。於是文福以下皆得罪，而薛棄市。刑之日，談笑自若。弟子棺殮之，輕若無物。啟視，屍不見。究不知是仙是怪也。

嫁妾得子

吾通孫孝子晉林，僑寓如皋。四十無子，謀置妾。其族有貧而鬻女者，豔晉林富，僞爲張姓女，重價歸之。入門夕，孫妻詰得，實告孫。孫曰：「言幸早，否禽獸矣，子孫何有？吾將女蓄之，俾擇夫嫁焉。」乃改適沙，贈奩四五十畝，伉儷甚篤。孫後納妾，得子三：長桐軒，庠生；次理齋，監生；三少谷，魁於鄉。

繡鶯傳

繡鶯字玲玲，本大家女。體纖弱，臨風裊裊，常如欲傾。足下繡履僅容指，秋蓮着地，瘦絶可憐。貌清癯如雨後菊，風韻天然，脱盡脂粉氣。幼慧工詩。性奇傲，有爲所鄙惡者，輒冷語刺骨，雖至親弗顧。女伴咸規之，則曰：「吾胸懷落落，寧下拔舌獄，不能容此輩齷齪也。」由是忌者日衆。髮纔覆額，許婚同郡侯氏子。侯以賤業起家，讀書十年，迄不能操管，終日握籌計母子，其精明乃過於人，口瑣碎若老嫗。既成禮，鶯勸其讀書明大義，侯不聽，營營如故。鶯自嘆命薄，另室居，焚香煮茗，以詩自誤，詩成，泣而焚之。侯夢夢亦不過問。其表戚宋生香白，可人也，少年掇巍科，性不耐與俗人語，嘗謂：「塵世碌碌皆無足語者，惟巾幗中稟清淑氣，近之令人翛然意遠，吾將求解語花作益友耳。」遍遊吴越齊魯燕趙，無所遇，遂歸。一日過侯門，適鶯亭亭出唤買花。宋猝覯，雙眼爲明，趾重不可舉。鶯略一注目，急反身入。侯與宋交故疏，鶯又不時出，故不識。逾月，鶯至其娣家，遇宋，尚羞避，竊竊攬娣衣問姓名。娣笑曰：「此表弟宋郎，至親尚不識耶？」導與見。生起揖，鶯還禮，依娣身畔坐，俯首拈帶，時一舉目，恰與宋眼光相射，紅暈粉頰，嬌羞不勝。宋欲攀語，顧舌若澀，將吐復茹者再，亦不覺面爲之赤。娣周旋其(門)[間]，雜以諧謔，宋、鶯愈不能立，各辭别。次年上元日，又遇於娣家。筵散，鬥葉子戲。宋雅不好，以鶯故，冀近香澤，欣然入坐。鄰婦馬屢凌宋，鶯代爲解。宋感入骨，偶伸足，觸蓮鉤，不怒亦不動，他顧而哂。少間，覰無人，微語曰：「忝在至戚，獨不能至妾家耶？」宋頷之。明日，宋遂托故往，與侯談會計，大相得。往來日密。鶯漸不避。一日忤鶯，鶯嗔曰：「儂自憐無一知己，以君風雅故，多涉嫌疑，然君宜諒儂也。」宋慚謝。月餘，有以蜚語聞者，宋懼絶跡。鶯泣不食，命媪伺宋於道，强致之。宋有慚色，鶯泣曰：「儂自問無罪，君何見棄之决也？」宋曰：「予非真負情者，恐情深或累卿爾。」鶯曰：「士爲知己者死。君尚畏累，猶自命爲深情人哉？」宋曰：「予知罪矣。」鶯要之誓，乃已。自此踪跡益密，偶半日離，皇然若有失。宋每曰：「吾不知天下更有何寶，如卿乃真至寶。功名富貴，（時）［特］代人作傭奴耳。」鶯曰：「恨今世身已屬人，不敢犯非禮，死後魂無拘束，當從君。君獨處，可默呼儂名，勿令冥冥中不敢近也。」宋曰：「何至是哉？」曲慰之。宋每歸，必訂後約。或失期，鶯輒怨形顏色。宋規之曰：「天下事節之則長，縱之則短，萬一意外，奈何？」鶯曰：「君心變耶？儂豈不知此理者，顧心不自主耳。雖然，相思長生，反不如相聚速死之樂也。」宋於是不忍復言。又年餘，蜚語益起。鶯娣故貪刻，乘間重貸於鶯。鶯不得已，如所請。娣一月三至，鶯不勝其煩，稍拂之，娣遂大張其事，且遣子辱鶯。鶯泣謂宋曰：「娣逼我良苦。我死，君肯澆一杯酒否？」宋泣勸，鶯意少解，乃去。是夜鶯仰藥，明日始知，以嫌疑不得一面訣，痛急，欲身殉。妻責以大義，始止。明年，遂束裝作北地遊，謂天下從此無知己矣。

三姑娘

載廉，漢軍廂紅旗人，本姓田。年十七補弟子員，十九舉於鄉。性豪爽，不拘小節。京師胭脂衚衕爲烟花藪，蜂蝶出入其中，載遍覽無佳種，恒鬱鬱。中元日，散步城南城隍廟，香塵滚滚，寶車絡繹不絕。隔窗粉光脂艷，彷彿皆絶代麗姝也，至門，扶蓬首婢蹣跚下車，則時世粧，平三套長幾盈尺，纖腰十圍，妞妮作嬌態。聞裙下閣閣，聲蕩心魄，諦視則紅菱三寸，根乃盤空，蓮步微展，不知芳心幾許委屈也。載匿笑幾至出聲，復前行至大殿，見男女雜遝，聚觀者以千百數。異之，趨入視，見女郎着紫紗半臂，杏黄衫，碧羅裙，扶一垂髫婢，向佛盈盈而拜，裙下雙鈎如新月，貼地紅鮮。拜已，嬌喘細細，倚卍字欄小憩，則見玉容莊麗，雙眸欲流，覼然微笑，千百人癱軟如中酒。載私念必貴家寵妾，傍左右不去。已而女徐徐出廟，婢呼車。載立車側俟登，既褰衣隨之。女隔簾呼婢耳語，笑吃吃不絶，時露粉面窺外。載愈神迷，奔不已。時秋雨新霽，道旁泥没脛，憊甚，汗揮如雨。女郎似憐之，囑御者緩轡焉。未幾，入一委巷，審之，臙脂衚衕也。大疑，私念北地胭脂，流覽殆遍，天仙乃在濁世，何無半面緣？踟躕間，見女郎下車，敲白板門，扶婢顧載笑，婢亦笑，旋入。載神魂失舍，欲隨入，轉念未携索笑資，恐弗諧，遂穿曲巷過所歡家，述所遇。妓笑曰：「是三姑娘也。去冬適某觀察，携之任，以嫡妬遣，今其姊將居爲奇貨。郎所過白板門，即其姊家也。」載私喜。明日，具厚禮徑造其室，以出門告，惘惘返。終夜反側，雞初鳴，趣御者狂馳，至則雙扉未闢。默揣主人此時春睡方濃，烏雲半亸，不知添幾許香豔，待侍兒扶起，慢理殘粧，徐呼見客，耐狂生有半刻等耳。俄一老媪啟扉，訝客何早。載具道誠意，媪摇手曰：「客請半月後來。三姑昨日受風寒，病容懨懨，懶見生客也。」載情興索然，歸而不懌者纍日。適友有選任邱令者，强載爲佐治，而胭脂衚衕之望遂絶。次年，友入覲，載俱歸，前事亦强半忘矣。花朝日，月初上時，信步出櫻桃街，遇同學友某某，拉載至平康。設筵，招歌者侑酒，强載書箋。載惡喧鬧，又不能違衆，姑書三姑娘名以應，蓋逆料天上雙成不能輕至人間也。俄而報接局，衆争視，載轉淡然。湘簾乍起，一淡服人款款入，竟傍載坐。衆先茫然，後嗒然，一座無語。載猶疑是夢，偷視翠黛彎蛾，蓮鈎盛鳳，比初見時尤豔絶，粉頰微渦，囅然帶笑容，欲語還住。載此時如鄉里兒坐顯者席上，且慚且愛，半晌强笑，問：「卿識我否？」三姑笑答：「識久矣。」問：「何處相識？」曰：「城隍廟也。」問：「何時？」曰：「中元也。」載深感之。既而衆美咸集，相視咸不如三姑，不樂而散。自是載每日一至三姑家，惟笑語，不敢萌妄想。三姑家故有姊妹三，皆殊色。一日，同學輩踪跡至，適載來，遂相約爲聯芳會，言於三姑，俾各占一枝。華筵既張，推載、三姑爲盟主。鴛鴦對對，蛺蝶雙雙，極一時裙屐之盛。三姑微吟曰：「姹紫嫣紅三月天，春風春雨畫樓前。樓前花落春歸去，蝴蝶痴心瘦可憐。」載知三姑感前事，點首嘆息。衆拊掌曰：「向者蝶戀花，今日花戀蝶矣。」三姑赬面不語。席散，載獨留，攜手步回廊，斜月掛海棠梢上，街頭更鼓，且三敲矣。於是移燈曲室，紅偎翠倚，呢呢訴去年相思苦，甜香醉人，骨緜肉化，嬌花困後，風味另自可人。載伏枕細玩，三姑微覺，哂曰：「郎不睡睡，眈眈視妾，豈不識耶？」載曰：「儂此時千金一刻，正恐矇矓睡去，將好時光夢中過耳。」三姑笑曰：「郎太痴矣。」遂亦不寐，款語至天明，攜手出羅幃，殷殷訂後會期，乃別。甫至家，而任邱令事畢出都，促同行，期迫甚，不及別三姑，三姑亦竟不知也。嗣是天涯海角，人各一方，（特）［待］馬首重回，而楊柳青青已不知折在誰氏手矣。噫！

命婦屈盜

北方風氣剛勁，任死不屈。然得其正，爲忠臣，爲義士，否則必流而爲盜。盜雖肆劫，苟能激之以義，則皆俯首帖耳，甘爲我用，非如南方錦帆之徒不畏王法、不順天理也。故刑部每繫盜，禁卒皆尊爲好漢，雖日在犴狴，無手足拘攣苦，蓋其風氣然也。宣武門外南横街一宅，本湘人之宦於京者，蓄積頗厚，其命婦麗若天人。一日夫當直，携二僕襆被去，家留一媪一更夫守。纔三更，命婦已熟寢，有巨盜數十人持械破大門入。更夫呼救，媪匿竈下不敢出。命婦徐起整衣，開正室，南向坐待之。盜蜂擁進，命婦揮之曰：「止止！」盜相顧驚異，皆却立。命婦曰：「諸君皆自命豪傑，欺一婦胡爲？請問明火執仗，爲妾身來乎，爲妾財來乎？」盜曰：「夫人金體，生妄想天且不容。聞府上有餘蓄，衆兄弟借盤纏耳。」夫人曰：「此亦不妨。東屋白箱有白金念笏，可自取之，勿壞我室也。」言已，擲鑰匙於地。盜顧衆曰：「夫人仗義，汝等勿驚擾，我一人取之足矣。」遂拾鑰啟箱，袖十笏，餘扃如故，出曰：「本不應冒昧，以討利市，略取些須，謝夫人賞也。」衆羅拜而去。自後中門不閉，永無盜患云。

任柱

同治時，捻黨日熾，黠猾以賴汶光爲最，而悍慓則莫如任柱。所統皆馬隊，官軍方劃運河而守，捻衆盤旋於濟、青、沂、海之間，其踪猋忽，官軍尚未能制勝。一日，銘軍與賊戰，獲一酋，訊知爲任柱帳下人，將殺之。酋大呼曰：「赦我，我投誠。」哨官唐，其甥也，願保釋。劉省三軍門銘傳曰：「汝能殺任柱乎？」曰：「能。」畀鳥鎗一，曰：「成功，花翎一，守備一，金二百。不能，勿返也。」其人執槍馳馬去，復歸柱。柱不疑，仍置左右。明日又戰，其人忽以槍擊柱，斃於陣。賊喧豗而驚曰：「魯王中槍矣！」不戰潰。其人馳馬白軍門，賞如約。賴文光遂以勢孤被擒，捻乃滅。又《山東軍興紀略》云：銘軍追賊至日照，先鋒騎兵擊賊，洋槍傷任柱右耳，由腦際出。賊狂奔入贛榆，銘軍追及之。柱憤，急裹創死戰，集馬步賊伏城南林落。銘軍分路進，天忽大霧，昏不見人，賊衆且悍，官軍幾不支。先鋒死戰，賴汶光、牛遂先敗。柱自率馬步數千，斜出東南七八里，冀出官軍後。銘軍知捻技，回軍擊之，捻氣沮。柱馳馬陷陣，死傷狼藉，莫敢退者。忽賊中自驚曰：「魯王死矣！」官軍乘間擊，賊護柱尸奔。降賊言：

「杜槍子洞腰肋，斃陣前。」是役也，先有賊目潘貴刂密書致銘傳，願斬杜贖罪，銘傳允爲奏給三品花翎。至是或云官軍洋槍所中，或云貴升暗槍所殺。又一說：有營官參軍鄧長安者，收得任杜義子某，待之殊禮。某感甚，曰：「吾何以報將軍？」長安曰：「何言報也？」待愈厚。某又言之再，鄧窺其意誠，乃歎且泣下曰：「難言也。」某請益堅，出誓言，長安乃曰：「非爲我斬杜首不可。」某拜應曰諾，請以五十騎從，長安許之。即日奔陣而出，直抵杜前，棄馬伏地大號曰：「負大王，死罪！今日逃歸就死。」杜曰：「但歸何害。」令並馬行，相得甚歡。曰：「兒從來五十騎，請大王録之。」杜曰：「然。」五十騎皆下馬，令之從。杜顧視方屬，某洋槍中之，踣，遂率五十騎馳而出，莫敢拒者。賞某萬金，擢參將，賞花翎，至今猶存。按三説互異，並録之，以備後君子之考焉。

計十官

計十官，湖北武昌人，日操小舟渡人，得錢足自給，即返，以爲常。妻賈氏性悍，奴視夫，稍拂，詬誶之，計無如何也。一日泊岸側，有客倉猝喚渡。既濟，遺其袱，啟視，纍纍皆黄白物。急呼客，已渺。初念甚喜，轉思客殊匆促，似有重憂者，此必關性命物也。命貧不可强富，得之焉知非禍我乎？坐守之。傍晚，客泣而至，詢其故，曰：

「某父母久未葬，今從千里外謁故人，丐得阿堵物，失之，且奈何？」計曰：「銀固在，予守君久矣。」客大喜，泥首問姓名。計曰：「此是君物，何謝爲？」不言姓名去。時已暮，抵家叩柴扉，妻絮聒不已。計具言拾金狀，妻狂喜索金，計曰：「自度非發福相，守客來，還之矣。」妻唾其面曰：「窮骨子！到汝家十年，啖黄虀且不飽。今天賜白金，秘之猶虞其索，乃拾之反俟其尋乎？知君乞丐相，我不耐久受累，請出我。否則追客反，奪所拾還我。不能勿相見。」計負氣曰：「非義財，寧死弗屑。不相見亦易事，卿勿悔。」妻曰：「天下男子即死盡，亦念不到乞丐骨，悔何爲！」計大怒，徑奪門出。妻遽閉門，尚呶呶不已。計奔至河濱，見一漢陽舟將發，遽請附載。舵人引之登，坐船頭。飢火中焚不可忍，自念七尺軀不能贍妻子，俾凌辱至此，今孑身飄泊，食宿且無，不覺泫然涕下。艙中一皓首客，衣履鮮潔，方據案食，見狀，詢其故。計歷告之，並述婦見逐狀。翁起立曰：「若然，君子人也。勿憂小富貴。」挽與共飲，既而曰：「僕有銀號五。其最盛者爲武昌之乾豐，以司會計無端人，耗母銀以萬千計。近爲吾姪某，少年喜風月，非老成可倚任者。君往，僕可紓北顧憂矣。」計言身係舟子，篙櫓外無他長，恐負翁託。客固言：「無妨。延君不過資彈壓耳。但坐鎮雍容，即稱乃職，何辭焉？」計始受命。明日至漢，客爲置冠履，命賫札至武昌易姪歸。號中初見計，甚輕之，引進見翁姪，啟書，知代姪者，衆肅然呼先生而不名。計遂日危坐課盈絀。黠者以言餂之，計正色嚴拒，以故號中規頓整。踰年翁至，閱册，無絀乃有盈，喜曰：「我固知計公可大任也。」酬千金，計不受。翁曰：「雖然，當更爲君謀之。」遽代收附己肆，並權子母，利乃倍往日，未十年，蓄至二十萬。翁書諸册，具酒告計曰：「自君來，僕銀肆增十五所。未敢忘大德，已將薪水資權利，得若干數。君無家，纍纍者無堆積處，乾豐號中數適符，敬當歸君也。」計固辭，翁曰：「此自君物，非我贈也，何讓爲？」計乃受。鑒翁前轍，不延客，盈絀仍相操，又數年，富竟與翁埒。乃置美第，蓄豔妾，終身不娶。賈自計出後，適屠者，日大嚼，得飽貪腹。顧夫性殘酷，婦稍萌故態，操屠刀剔其筋，膝行哀求乃免。後聞計富，日悔泣，夜仰芙蓉膏死。

洪梅孫

洪梅孫茂才，名祖詒，徽之歙縣人。祖父以茶商起家，富甲一郡，列肆遍江南裏下河，家於通。庚午大比之年，並舉優拔科。梅孫屢試皆首選，自以爲拔萃優行如操左券，否則亦必食餼於庠矣。復試日，趾高氣揚，目無餘子，聞唱己名，昂然排衆入，倉猝間忘除眼鏡。文宗怒叱之。梅孫大悔恨，文思頓澀，草草交卷出。自計命中有天厨星，廩米當不能奪，蓋歙邑出七缺，梅孫名第二也。甫出院，見牌示高懸，諸生蝟集，有扼腕爲惜者，有撫掌稱快者。心大疑，急視，始知己名已降劣等，並究學師。不覺神氣沮喪，縮頸疾去。是秋入闈，又以房薦額滿見遺。從此文運日蹇，前茅無梅孫名矣。予與梅孫有一面緣，曾讀其舉子業與一切著作，才思横逸，氣象光昌，決爲投時利器。乃以一念自矜，致功名垂得復失。世之不如梅孫者，尚何必斤斤然以文章自信哉！

三世四節

孟光舉案，少君挽車，家有賢婦，誠三黨之光哉。至不獲已而柏舟明志，冰蘖矢貞，遇固艱，心良苦矣。然而旌表及於茅廬，事跡光於史册，幽光必發，積善有祥，何其榮也。余嗣曾祖攀桂公，少孤，有至性，事母無間言。娶妣湯太孺人，體公志，侍奉愈謹。家綦貧，公思以文章顯，父母定省外，閉户刻苦無虚日。太孺人針指佐菽水，雖瓶罄，不以語公，恐瑣瑣亂公心也。公年甫壯，積勞至疾卒。太孺人守節自矢，嗣次房飲和公長子大中，撫育如己出。時姑衰多病，飲食需人，太孺人日夜不得息，無倦色。逾年病益危，參苓罔效，太孺人夜焚香默禱，持刀割腕肉二寸許，和藥煎湯進，姑立瘥，又數年乃卒。太孺人殯祭如禮，哀痛成疾，尋亦卒。含斂日，尸如生，香三日不散。

大中公既嗣長房，痛父賫志殁，誓苦讀復舊業。繼見學宗案出，所素鄙者冠其曹，乃絶意功名，慨然萌出塵想。聘白蒲顧太孺人，既成禮，明日隱去，遍訪無知者。太宜人盡去簪珥，依兄諸生元，紡績自給。嗣姪長庚，課之讀。既長，走長安，以供事議叙，得貳尹。太宜人書訓不絶，俾壹志仕途，勿我念。如苦七十年，壽幾期頤而卒。

先府君長庚公謁選之年，本生妣已先卒。繼妣氏范，隨公北行，主家政，賢聲傳戚黨。愛諸孫甚至，然有少失德，譴訶之不少恕。待臧獲輩則恩有加。憶故奴季升嘗竊煤，爲宜人見，懼欲遁。宜人故他視，縱之去，後卒得其死力。同鄉有告貸者，皆竭力，未嘗有德色，裙布外什襲爲空。先府君性純孝，數諫宜人勿操作。宜人曰：「吾藉此舒筋力，且以勸儉示子孫也。」丁巳，府君卒，宜人乃率先妣及芬兄弟回籍。壬戌，大兄以瘵疾卒，宜人大痛，逾夕亦暴疾卒。守節逾四十年。

自嗣曾祖至先兄凡四代，惟先府君享遐齡。然府君究次房出，次房范宜人雖亦寡，而克昌公猶能享中壽，豈真風水之説獨不利於冢子歟？同治癸酉，杏兒出痘夭，亦冢子也，且五世矣，其不利也益信。乃范宜人後，三房又有以節著者。堂叔壽昌，飲和公孫也，賈於外早死。叔母馬，故名門女，聞訃，毁容自矢，先府君以季子蓮馨嗣其祀。同治末，與顧、范二宜人同時請旌，擬入祠附湯孺人祀云。

黄崖教匪

張積中，字石琴，臨清死難積功之弟也，籍江南儀徵。初頗讀書，屢試被黜，遇術者周太谷，導以鍊氣辟穀、取精元牝諸術，積中惑之，盡棄其學而學焉。後太谷正法，積中益修師術愚鄉人，謂師尸解去，欲證道者有現身住世、不廢飲食男女、與天同壽之樂。由是惑者寖衆，往往踵門攲顙流血。積中故嚴拒之，謂無善根，先令其作諸小善，而陰詗其隙，謂某事惜財，某事惜力，爲太谷所擯。其人懼，固請乃許之。僞使輦金於庭，謂無道根，固不納。裝女奴，使人引而出，曰多塵障也，反與虬髯、傖父、蓬首婢同寢處。於是高門甲族男女奉若神明，積中錯處其間，亦不復引嫌矣。道光中，鹺務變法，天下奇士如周韜甫、馬元林、關恭季輩俱集揚州。積中慮爲所毀，乃取《論》《孟》《大學衍義》《近思録》諸書日相討論。韜甫信之，爲表揚當道，聲頓起。咸豐六年，避粵匪，遁之山東肥城縣黄崖山。山麓有莊，曰南黄崖、北黄崖，惟北黄崖界長清。山形三面環抱，左右危峰若門户，中廣百畝。積中築室其巔，炫其術，引諸避兵者，不旬日，山成市。乃壘石爲兩砦，築大砦其上，引河水環之。市弓弩甲仗，爲武備房。又建祭祀堂，祭以夜，檀燭光數里，非其黨莫能窺也。收太谷寡孫婦素馨、女甥吴蓉裳爲女弟子。列屋居，不輕見客，見則必九叩，抗不答禮。其傳教則高弟吴某、趙偉堂、劉耀東等轉相授受，五日一聽講，不能誦習者聽之。從教者袒右臂。戒惜財戀色，子女玉帛毋許顧。鄉愚鬨動，自肥城之孝里鋪，濟南會城内外，東阿之滑口，利津之鐵門關，海豐之埕子口，安邱、濰縣等處，皆列市肆，千里之間，奉其使令。鄉愚呼張聖人，吴、劉輩則稱七先生而不敢名。同治四年，濰縣民王小花盡室徙黃崖，知縣靳昱怪之，捕小花，詳上臺。閻撫軍敬銘委肥城令詣黃崖，見積中鬚眉翯翯，事乃寢。五年九月，益都民冀宗華等謀作亂，事洩，供同黨姓名，師積中爲首，約期陷省會，再陷青州，兵仗已藏城內。搜之果然。已而其黨次第獲，供俱同。報聞，丁布政寶楨檄巡捕唐文箴與長清令陳恩壽入黃崖，令積中赴省自白，念其老且世家，無意殺之也。既入告吳某，吳以先生游五峰對。言未已，一人持帖倉皇入。吳覽之色變，趣文箴速歸。文箴等絶馬而馳，尾追者殺傔從黃紳。肥城令甫入城，聞礮聲亦返，馬豎被殺。時撫軍在東平，疑之，檄諭其子山東候補知縣紹淩，同藩司員弁入山奉父至省，而紹淩已先期乞回籍假，實已入黃崖矣。遂繕諭，令吳某示之，復出示張砦門外。二十六日，山巔矗紅旗一，砦牆遍立尖旗，緣道運薪糧煤燭者相屬，夜有數百人焚掠長清、肥城各鄉莊。又武定鹽梟載兵仗，由大清河抵孝里舖，入山砦中各隘安巨礮。撫軍猶檄潘道員駿文招之，終不出。越四日，寶楨至長清，令吳某與林令入山，被阻，反跡大著。於是撫軍率參將姚紹修、游擊王正起、知府王成謙、副將王心安諸營並進，駿文率千總王萃騎兵勘入山路徑。十月朔，騎兵先克匪水裏舖。紹修乘勝入山，縱巨礮轟賊卡，斬劉耀東。正起由東山銜尾進，焚其卡柵，獲火器軍械旗幟號衣。諸軍皆登山奪隘，絶其汲道。再飭吴某作書招之，越五日，積中回函至，詞意悖慢。撫軍怒，出示招諭，凡居民投首者不誅，縛獻積中者予重賞。砦中卒無一人至者。賊火器與官軍相及，營勇時有傷，忿甚。撫軍恐玉石俱焚，命緩攻。是日紹陵出謁，撫軍許以不死，命造官僚居民册。熏夕，積中書來，言人心洶洶，造册宜從緩。而民間傳言匪已遣諜召武定鹽梟，各州縣來書亦云河西捻匪將渡河救黄崖。撫軍撫膺長嘆，令進攻，於是東西並進。匪死拒，槍石交下，傷弁勇數十，血雨流注，呼聲撼山。成謙軍縱開花砲，斃匪甚衆，砦中熇焼四合。紹修軍由砦西攀牆上，參將曹正榜鑿懸崖爲隧而入，匪猶死守。正起軍稍怯，手刃三四人，由砦東钁牆登。匪磚□殆盡，槍砲不絶聲。千總萬年清、張福興頂踵浴血，致死猱升牆，匪徒手推墮十餘。正起軍已入，紹修、正榜西路亦進。匪不支，持械巷鬥。諸軍合擊之，奪路出者爲扼隘軍所斬，墮崖顛谷無算。積中、紹陵戚屬男女均焚誅，無一生降。寄居官僚及弟子男女二百餘，有一室爲灰燼者。其堅頑如此。存婦女幼穉四百餘，婦有形色灑然、笑語如恒者。弟子韓美堂等皆願從師死。吁，可異已！出積中首於灰燼中，梟之。撫軍入山履勘，檄州縣查封逆産，均於大兵未發之先九月二十六日同時扃遁，千里響應，若是之速歟！敬銘奏略有云：「積中本無才名，祇以僞託詩書，乃至縉紳爲之延譽，愚氓受其欺蒙，來東不過數載，遂能跨郡連鄉，連列市肆，收集亡命之徒。從其教者傾産蕩家，挾資往赴，生爲傾家，死爲盡命，實不解所操何術。臣從前訪問，率稱讀書之士。臣有慚聾瞶，實亦人心風俗之大可憂也。」

亢掌櫃

京師大賈多晉人，猶之江南多徽人也。正陽門外粮食店有亢掌櫃者，雄於財，而人懦。其遠戚平姓素無賴，恒嬲之。亢雖不常破慳，然爲所窘者屢矣。一日，亢載米進城，牛車數乘，絡繹於道。遥見平施施來，亢欲遁，平笑以手挽之曰：「卜者言予今日南行利，不謂適遇兄。前途挑青帘者，酒家也，盍飲乎？」亢辭以有事，平曰：「即有事，遇我則無事矣。」固邀之。亢不肯，平大怒曰：「邀汝飲，叙親誼耳，不飲是無親也。無親者何顧惜爲？昨家中適斷炊，君有米數車，當借石許爲卒歲計也。」亢窘，請緩期，平曰：「君家妻子飢亦食，能緩期否？」亢辭窘，揚鞭揮牛行，弗顧。平急解衣卧車轍中，叱曰：「老慳能斃我，驅車壓我；不能，予十石米！」亢無計，婉求之，不聽；請少其數，不許。時日色銜山，亢恐誤行程，汗如雨，淚亦如雨，聚而觀者如堵牆。俄有驢車轆轆來，至此亦停轡，一峨冠丈夫下問故，亢具告之。丈夫遽厲色叱平曰：「是汝言耶？」平怒曰：「是也。何預汝？」臥不動。丈夫不答，遽奪車夫鞭鞭牛，轟然一聲，大車壓平腹而過，平腹裂死。衆大驚，坊保咸集。丈夫曰：「渠自求死，生之胡爲？」趣亢行，曰：「汝勿恐，我自殺之，不爾罪也。」坊保將縶丈夫，忽忽南城御史至，叱保退，跪請罪。丈夫曰：「此皇城御道，而奸民橫行若此，需巡城胡爲者？」御史唯唯，面如土。丈夫又曰：「有效尤者，此爲例，壓死勿論。」言畢登車去。御史責坊保不早報，撻之。見者皆咋舌。有胥役曰：「此某王爺也。」

都天靈籤

張睢陽遭安賊之亂，嬰城固守，誓死殺賊，千載凜凜，猶有生氣。吳中處處祀之，尊爲都天，時著靈異。甲子五月，州試有日矣，予禱神問雋否。得一籤云：「不必問前程，災來眼下成。善人終不碍，黑夜聽雷聲。」予以爲必無望。乃次夜即有會匪王朝陽之警，因之停考，所謂「不必問前程，災來眼下成」也。王擬十六日舉兵，投書江南髮逆，約爲内應。使返至港，爲士兵所擒，獻之大局，盡得其反狀，並獲人名册一本。時牧通州者黄君金韶，素以廉明稱，不動聲色，按名擒獲，悉斬之，亂遂平，所謂「終不碍」也。

騷　狐

甲戌會試後，賓坻令管君近修，延予閲縣試卷。端陽後一日就道，僕楊大隨，宿香河。曉夢將殘，覺耳旁有毛茸茸然。初以爲猫耳，揮之去，陡聞臭氣逼鼻觀，不可耐。余亦就醒，見殘月半規，從破檽中透入，柝聲猶未絶也。楊大亦匆遽起，啟門呼車夫開車。余問何匆促乃爾。楊大囁嚅半晌，曰：「早走亦好。」予知有異，遂不言。既就道，楊始言被狐所困，驅左則右，驅右則左，雖不碍人，而騷味令人不可耐也。余謂此狐之未成道者，不然，何不變化氣質，投人所好，而乃以臭氣未去之身强欲近人、討人厭惡也耶？

太平鼓

京師有太平鼓之戲。鼓以鐵條爲廓，蒙以皮，有長柄，柄末綴鐵環十數，且擊且摇，環聲與鼓聲相應。其小者如盌如鏡，爲孩提玩物。更有大如石甕者，則羣不逞結黨成群，聚而擊諸市，所至鼓聲、環聲、喧笑聲、鬩鬧聲，并爲之聾。道光中，有結爲太平鼓之會者，聚衆百數十人，各著大羊皮袍，遇粲者則羣圍之，以袍裹而奔。婦女號則衆鼓齊鳴，市人無聞者，遠近失婦女無數。抵暮，則挾至城根無人處迭淫焉，往往至死；其幸生返者，又畏羞不敢告人。察院某知其害，奏禁之，復拘得爲首數人，斬以徇，而太平鼓之風遂息。現曹老官觀、吕祖祠等廟集，當上元前數日，遊人如蟻，尚有擺地攤（買）[賣]者，然皆不過如盌如鏡，供小兒玩矣。

書燈自走

先君子景西公，初入京，館輔國將軍禄智家。晚課散，倦甚思寐，俄見燈自走入室，若有人持之者。既而烟壺、眼鏡等物皆蠕蠕然動；窗前晚香玉一瓶倒植空中，水不滴。大駭呼童，童醒，復大譁。將軍趨而入，笑曰：「無恐。此我仙爺作祟耳。」別啟精舍舍公。明日，具黍詣空室禱曰：「仙爺勿復爾。師爺南邊人，膽小也。」空中聞笑聲。後遂寂。

狐打甕

京師通州會館舊有狐。戊子，余南旋有日，權住其中者兩月。小妹嫒珍甫六歲，與婢輩戲後院中，歸即發熱不止，出痘，勢甚危。家人環守，夜三更，聞後院擊甕聲，咸大駭。故僕李升膽素豪，奔至後院大詈曰：「鬼子敢爾！」以足踢數甕皆倒，聲遂寂。明日，小妹以變症卒。

花妖

孫吉雲茂才錦，與余同赴省試，闈後日盼捷音。家故有老海棠一株，不花數載矣，是秋忽枝葉叢生，開黄花，鮮豔可愛。花落，結木瓜八九枚，香味遠勝常品。傍有桃樹二，亦盛開如春時。觀者接踵，門成市，羣相賀以爲瑞徵，孫亦欣欣然自負，繫紅綾樹杪誌喜。未幾榜發，竟失望，怏怏終日。然則花開何關衰戚，特不正之氣感而成異耳。

蛇異

凡物之返常者不足爲妖，亦不足爲瑞，惟視乎家之盛衰以爲感召。憶吾戴氏，蛇凡三見，而興敗各異。國初吾族最盛，世居州南門戴氏桅杆。一日家宴，猝見巨蛇頭如栲栳，枕大廳檻上，身屈曲，穿房過舍，直至宅後溝中，尾細處猶如巨盌。家人見大駭，焚香祝之，身暴縮，蜿蜒入溝中没。未十年，此宅遽爲族中鬻去。又咸豐丁巳，先君子卒於京。先姑在家早起，忽窗上掛死蛇長丈許。姑見而嘆曰：「吾兄蛇屬也，今死，吾兄其有不諱乎？」泣不食，至夕而都中之訃至。姑痛哭成疾，逾三月亦卒。及同治丁卯，芬赴友人飲，醉歸，滅燭登床。甫交睫，聞唧唧聲與咯咯聲交作。異之，啟帳潛窺，見巨蛇逐鼠，鼠窘，從案頭竄至地，蛇不少捨，且鳴且逐，皆窸窣入床下去。晨覓無迹，惟一蛇蜕委床下云。又一日，芬歸遲，内人挑燈獨坐，聞簾鈎摇動作聲，出視，髻觸蛇尾，尾鞭門聲逾厲。仰視大駭，乃一蛇蟠門上，昂首吐舌，如欲噬人。内人大號，蛇旋去。明年，芬遂有南闈之捷。

祖宗示兆

庚午秋試之年，余由長江掛帆逆流而上。家中每日落時，鬼聲啾啾然，近鄰皆聞之，咸以蹈險爲余危。月餘予歸，聲乃止。報前二日，余内戚洪嫗住予家，患氣痛，夜輒不寤。坐見窗外一皓首翁蹀躞庭中，又一翁倚柱望月，撚鬚點首，若有所思，尋皆不見。轉瞬間，又見戴帽者五六人，自二門魚貫入，雁立庭中，三拜乃起，復魚貫出。明日，嫗方食，又見一矮人著白衣，自門外匆匆入，趨竈下不見。予惴惴未知凶吉，踰夕而報至矣。

危症獲救

症至乳癰，危矣。乳癰至發於七十歲血氣已衰之身，則尤危乎危矣。當無解救之時，而忽遇絶不相值之人，又適操生是使獨之技，此非有天焉以默佑於其中，斷無如是其至巧、如是其至奇者，如吾祖母范太安人之事足述焉 安人幼適先大父克昌公。克昌公以力學早卒，安人紡績供先府君讀，愛如己出。先府君既成立，奉安人之京，治家井井。晨起率家人操作，待僮僕無厲色。有以窮乏告者，必盡力賙之，雖典質弗顧也。先府君棄養，太安人乃率諸孫回里。甫一載，忽患乳癰，甚危，醫禱迄無效。時江南全境陷賊，唯吾通獨存，蘇、常難民紛紛渡江。有鎮江名醫某挈妻子奔通，覓居停。予大兄春池遇諸途，延至家，爲掃榻焉。某聞呻吟聲，問故。大兄蹙額唏噓，述安人病狀。某笑曰：「太安人定無恙。不然，何遇我之奇也！我以醫自活，然實無他長，惟乳癰乃三代秘傳，可百發百中耳。」兄大喜，急延入視，見癰已潰爛，臟腑膈膜歷歷可指，嘆曰：「病至此，無怪庸庸者束手也。幸遇我，猶可活。」兄拜求療治。醫出刀圭藥敷患處，踰夕，瘡口漸合，未十日而愈。後歷十數年乃卒。噫，奇矣。

兩杯茶教匪

江蘇裏下河一帶有兩杯茶教匪。其初肇於某寺僧，僧死，傳揚人盛廣大，而通州之黄朝陽、茅廣福等次之。受戒誦經，斂財聚衆，愚民爲惑者幾數千人，然初無謀叛意也。狼山鎮標兵目陸家升、陳某，素性桀驁，已由軍功保五品銜，食雙糧矣，心未滿，仍多所要求。總鎮抑之，遂快快懷怨望，潛濟江，通款於福山髮逆，云願獻通州。逆酋哂曰：「吾爲若輩誤者屢矣，是不可信。果誠也，當自破通州爲贄。」陸、陳慨然諾。既返，百思無計，忽憶黄、茅輩得民心，煽之當可動。遂詣黄，盛言髮逆旦夕且渡江，若輩當自計。衆大懼，陸言：「無妨也，彼中酋與我善，能人出千錢，當代買太平紙萬張，貼門首，可勿擾。」黄信之，函致諸教首，斂如數。已而陸又曰：「髮天主甚賢，取天下反掌耳。欲富貴，當乘其未來時，能出萬錢，六官尚書可立致。出千錢，亦不失爲朝將。空劄已遞致，勿自誤。」衆愈惑，争出銀買空劄，僞職遍通境，實則皆陸、陳私刻，髮逆不知也。陸、陳見教主易與，復煽言天主愛民，但相從皆手足；兵到，順民須助威，宜家置旗一槍一，編隊如行伍。黄内怯，私議曰：「太平紙、職名劄，秘之無知者，苟公然置禁物，保勿有滅族禍乎？」陸、陳變色曰：「君不從，弗强也，然事後必勿悔。」黄終猶疑，陸出一册，厲聲曰：「君輩已受僞職，不從即投之官，滅族禍誰獨免者？」黄戰慄謝之，且曰：「非自怯，恐江南不果至耳。」陸、陳邀黄至賊壘實其言，乃昏夜偕渡江，見其酋，盛席款之。後送天京朝天主，温語嘉納，留住十餘日偕返。於是教中信益堅，買糧置器，駐隊軍山，將於五月十四夜攻州城。城中文署差吏、武營勇弁半教黨，奸細遍佈街市，官夢夢也。十二日，黃卜令户出錢五百助軍裝。南沙有董事某，以無故歛民阻黃。黃怒曰：「君此時猶自大耶？」即率衆焚其廬。某奔至城告變，城中乃大震。會狼山僧亦連夜至，具言軍山謀反狀。先是，僧已寢，夢神以足蹴之曰：「起起！兵且至！吾與城隍爲殺賊日奔走，履幾穿矣。」僧驚起，視神額汗涔涔不止，泥履果剥落，啟門，遥聞山下呵殿聲，紅燈隱隱，官銜則通州城隍也。僧知有變，即探之，見軍山旌旗蔽天，戈矛林立，洋銃聲不絶，乃從間道得至城云。通州牧黃印山先生有幹才，急命三門嚴守禦，札各沙董擒首事者。明日，沙董縶四人至，殲之。各沙搜捕羽黨，盡得其軍械旗幟、號衣印信，並職名册一部。於是按籍訪獲，次第就誅。最可哂者，其黨職名悉僭神佛封號，稱黃逆爲玉皇上帝，餘如都天、靈官、元帥、真君、火神、龍王，各從其好。被拘，咸神色瀟灑，不刑自承。有憐而飼以肉食者，則合掌謝曰：「罪過罪過。遲一刻便升天，何苦以葷食累我被謫乎？」至死卒不食，其愚惑如此。黃之妻自稱玉皇娘娘，將刑，縛署前樹上，見人狂詈。適官過，指而責曰：「吾諸臣皆歸位，玉霄宫尚虚左待我，獨羈我凡界何爲？」持刀者牽之去，乃喜。十四日，各門戒嚴，總鎮率兵梭巡，城内外排列勇隊，火光徹夜不絕，民一夜數驚，謡言不能禁。捕得數人斬之，乃少定。雞鳴（徹）［撤］隊，人心粗安。越翼日，陸、陳俘至，始知官紳士民所在有獻首人，於是局中皆色變。旗牌某，泊荷亭總帥心膂也，有逆跡。黄擒之至，泊婉言爲請命。黄大笑曰：「大人愛賊，可謂至死不悟矣！」叱速斬之，泊有慚色。教中盛、黄皆宵遁，百計不能得。盛潛泰州，撑巨傘，僞爲賣藥者，爲黠差物色，即泰州寸磔之。黄父子甫出境，鄉人縛之來，嚴刑鞫問，斷其脛，以大畚舁之市，刑後無血，流黄油斗許。其子解部宫之，給披甲人爲奴，其黨始稍稍息。有司入奏，頒匾額懸狼山及城隍廟。黄公升蘇州守，紳董亦叙功有差。

長生猪

如皋城内某茶肆，有猪五六頭。同治十三年秋，鬻其一，屠者將宰之。甫就縛，豕忽咬索斷奔西門，直至余同舍生沈育才家，以首觸門。沈出，豕跪泣，若求救者。沈憫之，詢知爲某茶肆物，贖之，命仍豢其家。迄今已六載矣，腹膨脝，卧地不能起，重四五百斤矣，毛盡白。余光緒五年親見之。

江慎修

江慎修，安徽歙縣人。好窮經，尤精卜筮之學，著《周易釋義》十六卷行世。其析理頗精，創三十六宫之説，謂《易》中乾、坤、坎、離、大過、小過、中孚、頤八卦皆無反正，餘可反正者五十六卦，其實只二十八卦，合之成三十六數。其説甚新。又謂《河圖》順生，《洛書》逆尅。按之皆確有見。館同里某富家三年，兀坐一編，喜愠不形於色。一起居，曰定數，一飲食，曰定數，富家厭之，辭焉。慎修欣然去。明年重九日，富家集客爲茱萸會，慎修適過，主人邀入席。慎修盡三爵，食二饅首，遂起辭。富家挽留，慎修曰：「定數也。」引富人至書室厨後，見有徑寸帖，書云：「三年賓主歡，一日遽分手。尚有未了緣，明年九月九。邀我賞茱萸，酌我三杯酒。數定且歸休，只啖兩饅首。」衆大訝。慎修平生不妄交，惟與同村程翁善，程亦精奇門者。一日同醉歸，程曰：「月色大佳，盍乘輿入城乎？」慎修曰：「夜二鼓矣，入城且十里，倘不及返，奈何？」程指道旁石曰：「此石今夜亦至城，何云不及也？」慎修笑曰：「誠然，但此石明日始返耳。」旁觀異二人言，坐石旁驗之。俄有擔酒者，以擔後輕，載石去。明午果載回，棄舊處。於是村中咸仙慎修矣。村有戴正者，負異才，過目不忘。聞慎修名，擔簦往學。慎修適他出，戴徑入室，據案翻閱，三日盡讀所藏書。慎修歸，戴師事唯謹。慎修問：「讀此間書未？」戴言：「盡熟矣。」慎修曰：「能用否？」戴曰：「未也。」異日偕戴游隴上，見黄牛與黑觸。慎修問戴曰：「牛孰勝？」戴曰：「黄，土也；黑，水也。土克水，黄當勝。」慎修曰：「不然。今於令爲孟冬，於日爲壬子，水旺，土斯廢矣。此理不可拘於一定，而學所以貴於化也。」已而黑者果勝。戴大悟，學業日進，名遂與慎修埒。雍正初，大吏薦慎修於朝。上召見，慎修戰栗不能對，乃薦戴。戴口如泉湧，剴切詳明。上大悦，問：「卿與師孰優？」對曰：「臣劣於師。」上曰：「師優不對，何也？」對曰：「師年耄，患重聽。若所學，固勝臣萬萬也。」上嘉其讓，賜翰林。同治中，曾文正公搜遺書，得慎修《周易釋義》，爲梓之，行於世。

卷二

阿中堂

京城有姚先生者，以館爲業。冬夏唯著一衲，與人言休咎，有小應，以是人咸異之。如皋胡佛生太史、方觀政刑曹喜談黄老術，聞姚名，往拜諸門，願執贄爲弟子。姚言：「君等受恩深重，當使天下共登壽域，區區修鍊小道，豈希聖希賢者所宜道哉？」胡悚然起敬，延至家，敬禮備至。姚所論皆儒家事，起居亦不異常人。住年餘，忽蹙額謂胡曰：「君部堂官阿公今夜欲見害，奈何？」胡愕然問故。曰：「阿公本天狐，世無知者。三年前余館某氏，酒後誤洩其隱，坐是欲殺余。然余學五雷正法，妖鬼皆不敢近，豈阿公所能害哉？彼無故動殺機，必自斃，三日内當有驗耳。」胡將信將疑，明日閲邸抄，阿公果請病假三日，胡神之。至第三日，阿公薨，胡乃長跪姚前曰：「先生果神人，願教我。」姚曰：「吾非吝此術，顧讖緯小數，學之無益，祇有害耳。且人盡前知，人盡看破世味，豈復有求名求利之人哉？」胡叩長生術，姚曰：「自古談神仙者如恒河沙數，然究之費公長房，今在何處洞天福地？既不使千百年一人知之，一人見之，則神仙日在烟雲杳渺之中，反不若塵世確有實在樂處。人亦何苦甘擲此自在光陰，而向寂寞無聊之境求彼杳渺無憑之仙哉？」胡服其論，轉叩治術，姚曰：「治術具在所讀書中，君固無不知矣，何問焉？」又曰：「世局關乎大臣，今之操政柄者何人耶？君宜爲自全計，勿更與俗浮沉也。余師見招，亦當從此逝矣。」翌日，姚不知所往。胡謀得河工差出京。是年果有粵逆之亂，京師米珠薪桂，京員有斷炊者，而胡幸以差得無乏。

好兒

孫少谷同年言其伯祖某，考取供事，在玉牒館當差。某朝貴延之課子，書室近荒園，樹林陰翳。一夜秋風微起，明月在天，披衣坐海棠陰中，悄然興離家之感。忽聞假山後有女子嘆聲，私念必主人眷屬，趨避入房，闔扉徑臥。少頃，聞蓮瓣細碎聲漸近窗外，作小語曰：「如此良宵，昏昏醉夢，固知非風雅兒也。」某不應，則又曰：「南蠻子慣粧道學腔，適才對月長嘆，想阿誰也？」某心大動，舐窗破窺之，見二八女郎，北地粧束，清瘦如帶雨花臨風欲顫，驚喜出意外，徐應曰：「誰粧道學，但心怯耳。幸暮夜無知者，卿肯慰寂寞否？」女郎曰：「南蠻子發天良矣。」含笑推扉入。擁之，身輕如燕，百媚横生。自言名好兒，主人寵婢，慕郎君姣好，故相就耳。孫亦不疑，自是每夕必至。某日就尪弱，面黄於菊。主人心疑之，治酒飲某，婉言曰：「先生孤身作客，當珍體如金。倘有所思，僕當效命，勿久鬱鬱也。」某赬顔曰：「蒙君厚愛，敢秘私衷。願得紅袖作添香人耳。」主略無難色，盡出美婢，俾自擇。某遍覽無好兒，疑主人愛弗肯割，遽言曰：「君果見惠，必得豔冶如好兒者。」主人力白其無，既而恍然曰：「先生誤矣。吾園素有狐，此必彼作祟耳。不早絶，禍必不測。」某始懼，求策。主人爲薦諸王府，擇美婢贈之，狐遂不至，病亦旋瘥。

張忠愍公

寶山蔣敦復作《張忠愍公國樑行略》云：公姓張，初名嘉祥，廣東高要人。生而長身噩立，材武絶人。年十五，之粵西貴縣，從其叔父賈，顧心弗喜也。喜任俠結客，鬥雞走狗。與羣少年遊，輒以氣懾服群輩，儕偶咸兄事之。會其黨有爲土豪所困者，公怒，率衆往劫，破其質庫。土豪訟諸官，捕弗得，而公之義聲已震。爲群盜所推，有衆萬人，不妄殺掠，人爲之語曰「拯弱除强張嘉祥」。前廣西巡撫勞公聞而異之，遣大將招撫。道光二十九年，公單騎受撫於左江鎮。尋捧檄剿土匪顔品瑶、潘七大、李樹青等，境内肅清。入謁幕府，部撫深器重之，使執贄居弟子列，乃改今名曰國樑，字殿臣。公由是感激，思立奇功答知己。逆匪秀全事起，撫部檄公募勇往剿，以二百人破賊數萬於新寧州。咸豐二年三月，調赴湖南，破賊於道州蛇皮嶺，克永安州，追賊至長沙省城南路新開舖。賊竄湖北，復追剿至武昌省城，攻破洪山寺賊壘。自新寧州之捷入奏，奉旨賞戴花翎，補守備，至是陞都司，賞給霍羅琦巴圖魯勇號。時洪逆已從九江順流下竊據金陵矣。公之立功，自保桂林始，後逐賊楚南北，直抵江寧省城，均與提督向公相倚如左右手。賊聚太平，向帥問諸將孰敢往取賊巢，無應者，公慨然上馬行，所部五百人從之。賊衆聞公至，大驚，棄城走。公徐按轡入，市不改肆。歸報，往返僅七日，軍中唱凱歌曰：「張國樑，走馬取太平。」前後奏捷晉階，洊陞至福建漳州鎮總兵官。率師渡江取浦口及江浦縣城，往返亦不及二旬，晉提督銜。六年五月，九華山之師潰，他帥死，諸將擁兵觀望，大勢幾不支。於是向帥奏請，以公總統南北諸軍。旬日間招集流亡，立解金壇之圍。朝廷嘉之，始拜欽差幫辦軍務之命。嗣此乘勝克復句容、鎮江，進擣秣陵關，馳往江北，復揚郡、儀徵。復渡江，圍江寧城外賊營，築長濠以困之。經畫數年，破賊形勢已在掌握，而九洑洲正當賊衝，亦爲我軍所踞。先是，公平鍾山賊壘，被炮擊傷中指，蒙恩賞給御用藥散。復句容，賞穿黃馬褂。復鎮江，陞授湖南提督，世襲騎都尉。復秣陵關，賞换雙眼花翎，調補江南提督。復揚、儀，蒙恩世襲三等輕車都尉。復九洑洲，蒙恩世襲二等輕車都尉。中間尚方珍玩，恩賜絡繹。先帝聖訓：「勇猛之中，加以慎重。」公自念遠方武臣，受任非常，雒誦感泣，日夜圖報。是時向帥已積勞薨於軍，欽差大臣某貴人不諳軍旅，餉不時給。公功名既盛，忌者益多方沮撓，先後屢失事機。度賊未易滅，誓以身殉，抉一齒畀家人歸報，示無還期。江寧賊受圍日久，勢憊甚，城垂破者屢矣，爲出枘計，乃集各路劇賊，思并力一决勝負。亡何，官軍缺餉已五閱月，士卒洶洶，脱巾一呼，危在旦夕，以公故猶未忍。公不得已，躬詣某帥所，長跪告急，繼之以泣，卒弗許。退而念此饑軍終不支，亟檄召副統帥某，冀相與戮力，一鼓下省城，擒賊首，出萬死不顧一生，事或濟。副帥將行，留守常郡何制府尼之，羽書七往返，不至。賊聞之，急攻官軍。官軍譟於營，某帥遁，師大潰。公聞變搏膺而呼，墜馬幾絶，立自鎮江馳至丹陽城下，與賊戰。傷重知不免，探懷中印授材官某，令走報，下馬向闕再拜曰：「臣盡力矣！」復上馬大呼，望賊營而馳，亂流渡河，人馬俱歿於水，時十年閏三月二十九日也。嗚呼！公在而東南大局支持八載，公歿甫逾月，常、蘇二郡均相繼淪失，江南數十州郡十陷八九。然則公之一身，存亡安危所繫，豈淺鮮哉！先帝初得奏報，以尸骸未獲，數月未忍議恤。八月，奉上諭，照提督陣亡例從優賜恤，贈太子太保，入祀昭忠祠，其死事及原籍地方立專祠，予謚忠愍。

殭屍三則

武清縣濟顛村，相傳有殭屍爲祟。許某本農家子，婚於隔河王氏。一日赴岳家飲，醉歸。時紅日銜山，深林陰翳中杳無人跡，猝見荒塚上有披髮頭陀，面目猙獰，齒巉巉如鋸，持小兒足大嚼。許驚極，急策款段，且呼且馳。頭陀棄所食，大吼奔逐之，陰風陡起，樹葉墜如雨，離丈許，幾爲所攫。正惶遽間，忽見白波一片，阻騎不得越。許自料必死，不顧逆流，渡甫半，陷泥濘中，力鞭之，突起，幸水才没腹，得喘息到彼岸。頭陀怒，伏身作欲涉狀，甫及水，意似怯。羣犬環而嗥，愈窮促。舉巨爪指許，唧唧作鬼聲，返身遁，遠望入叢塚間乃没。許回家，大病經旬，終身不敢過濟顛村云。

順天老人王姓，夫婦皆七旬矣，一子二孫，以力田自給。咸豐中，直省所在荒饉，蝗虫遍野，老人以疾卒。既葬，其子祭掃歸，聞後有呼其小字者，諦視，真其父也。驚喜，問父何復活。父言冥王查我陽禄未盡，放歸與兒輩團聚耳。子不疑，奔告其母，母亦喜，率二孫出迓，相見慰藉再四，起居如平時。才半月，携二孫遊西頂，泣而回，云：「我老且昏，將二孺子失去矣。」子急往覓，竟不見，心頗疑。一日行市肆，見江南客坐畫輪車，忽停轡呼子，審視之，訝曰：「君住何處？滿面鬼氣，得毋有祟於室者乎？」子力白其無，客曰：「君不明言，十八日闔室皆鬼録矣。」子言：「兩月前家父重生，二子忽亡去耳，餘無他異。」客曰：「此即爲祟者。君察其食時不動下頦，待妻子異囊日，滿百日，屠門大嚼矣。」子泣求救，客曰：「歸儲犬血一盂，令家人各持黑驢蹄，誘其出，齊擊之。不勝，我當自至。」子請偕行，客許之。既歸，呼父，父出，猝見客，色變。子母各以蹄擊其肩，怒甚，伸掌遽攫其子。噀以血，稍却。客出袖中寸許鏡照之，曰：「孽畜！爾屋子已燒却，且藏形不得，尚祟人耶？」父返身急遁，客奪子手中蹄遽擊之，伏而仆。客壓以鏡，索草石許焚之，唧唧作聲，臭氣不可嚮邇。母子謝客，且詢姓氏。客微笑不答，徑拂衣去。未旬日，遽大雨焉。

蘇人有喪其婦者，殯之日，輿從繁盛。癩道人顧而笑曰：「痴兒抛金若泥，乃舁空棺作戲也。」其家嗤其妄。道人固請開棺一視，從之，果然，乃大訝。道人曰：「屍已伏君家樑上，今夜必爲厲。」其家大懼，跪請救。道人欣然往。至家，直入内室，指一梁曰：「在此矣。」家人聚觀，見尸衣飾如故，雙手抱梁懸空際，目熒熒直視。道人出炮寸許，轟之，尸墮，奔搏人。道人喃喃誦咒，作劍訣指尸，乃僵。復斂棺，桃釘釘之，發引日，喪儀如前云。

賣蒜翁

賣蒜翁，直隸大興人，劉姓，住城外之龐各莊。時天氣酷熱，翁趕廟集回，納涼槐樹下，鼻衄血不止，泥爲之濕。翁塞鼻已，戲以血團泥作人馬形，置樹蛀孔中，肩蒜歸。未數月，民間喧傳樹下有紅衣怪，騎馬出逐人，行旅過午不敢隻身往，尤好祟婦女。遠近村各持械相守，稍疏防即被嬲去，明日得之槐樹下，已昏然如中酒。各户苦之，顧無計驅之去。適翁施施來，復憩大樹下，見路人結隊過，皆觳觫作懼狀。翁怪之，詢其故，不顧而奔。翁愈疑，隨之行，逾里許，諸喘始定，曰：「翁見騎紅馬怪乎？是能祟人，翁不死樹下幸矣。」翁細詢怪狀，大笑曰：「是固我之嫡血脉也，不圖靈活乃爾。爲若除之可乎？」衆不信，丐翁往治。復至樹下，翁取孔中人馬出，數之曰：「汝以骯髒物借人餘氣，便横行若此，好形骸空付爾矣。」碎而投諸河，其怪遂絶。

狗報冤

吾通東門某，蓄一犬甚馴。一日偶竊食，某痛撻之，必欲致之死，犬逃入某之女夫家。女方食，見犬奔匿榻下，嗾之出，狺狺若畏懼求庇狀。已而某持杖來，犬匿榻下如故。某問見犬否，女頤指榻下，某逐出而殪之。日春甫下，女忽發狂聲，言犬討命。家人問與女何冤，曰：「我竊食，罪不至死，主人撻我，匿汝家求庇耳。汝不言，我可活；汝助紂爲虐，是汝死我矣，我死肯令汝生耶？」家人百計爲解，卒不允，曰：「錢債可贖，命債不可贖也。」問何不祟主人，曰：「未及時，且我恨主人不及恨女之深也。」踰夕竟卒。夫人之生死頃刻，有在旁觀一言者，言而生，其感之倍於主人，言而死，其仇之亦深於主人也。噫，可畏哉！

郭恭圖

自捐輸之例興，各省之需次者多於慕羶之蟻。顧美缺祇有此數，優差不能徧及，大憲即欲調劑之，疏通之，恒苦於力不從心。苟處夤緣奔競之場，而猶守進禮退義之節，恐邊鄙簡缺，賠費苦差，且如海上神山可望而不可即也。揚州東鄉郭生，一附貢耳，才敏給，工書善畫。壯歲遊長安，戰失利，易士而商，爲質庫司會計，頗不慮寒酸氣矣。復由監捐大令，竟將以孔方兄爲文章吐氣焉。偶遊馬神廟，見有治喪者，詢之僧，知爲蜀督愛子，以瘵疾卒於京。郭頓生奇策，曲意交其僕，盡得公子在京諸情狀。遂托言回籍，齎金走成都，素服往弔。制軍俾之入，至靈前痛哭流涕，喪考妣無此哀也。奠已，出袖金，徐曰：「僕識公子矮屋中，闈後往來無虚日，下第援例得邑令，假公子十笏金。今需次有日矣，驟聞凶耗，泣血椎心，千里完宿欠耳，敢以人不知者負故人哉！」制軍泣曰：「君誠端士，恨亡兒無福共切磋耳。君如不棄，當屈君蓮花幕中，即奏留四川可也。」郭跪謝，自此權傾一署，囊橐充盈，歲輦金至吴中，大啟閈閎，居然貴族。制軍亦稍稍知郭横恣狀，然終以愛子故，且有還金之義，高其爲人，遂略其小節。後復保陞知府，加觀察銜，且以二品頂帶予告歸里焉。嗚呼，亦孰知其以黄金爲餌，從宦海中試空空兒妙手，而與長眠不醒之公子曾無半面緣哉！可謂神乎技矣。

劉松山

陳宧《山農文鈔·劉松山傳》云：松山字壽卿，湘鄉人，王壯武部下，軍行特著精整。壯武興鄉兵最早，故號老湘營，帰以三百人爲一旗。自壯武歿後，松山接統十餘年，名聞天下，不忍易營制。松山長身瘦削，謀勇兼備，行軍慮事，尤識大體，有唐李愬之風。戰勝則讓功，臨財則讓利，故同時驕兵悍將見之皆馴伏。同治八年，左侯西征逆回，自督大軍由中路涇、凉進，檄松山統三十營由北路榆、綏進。陝邊北山，千里無人烟，土賊扈彰、董福祥等擁衆十餘萬，梗塞軍行。松山籌餉轉戰，撫定土賊，得其死力，克回砦數百。抵靈州回巢，與左侯會於金積堡，分軍攻馬八條寨。回酋僞降，伏地暗鎗中之。松山負創，誡姪錦棠曰：「速攻之，毋反吾骸，吾魂當督軍滅賊。」言畢而絶。錦棠屠馬八條寨，撫柩而祝曰：「兇酋已寸磔，叔父忠骸盍歸乎？軍中勝負未可知，金積老巢非旦夕可下，叔父盍歸乎？」選壯夫四十人爲長夫，舁之不動。再哭而祝之，增二十人，重如前。柩有聲如泣，將士皆哀號，知忠魂之不欲返也。越日，移營逼金積，八人舁之，輕如中空。將士悲感，戰勝。九閲月，卒拔金積堡，寧、靈悉平，剮回酋馬化龍祭之。其時帷幄輒自動，弓刀皆鳴。十年七月，始返其喪。

狐船

稗官野史，多載狐異。其幻化媚人往往在深山窮谷，否在多年殯宮、久曠空第耳，從未有烟波浩渺之中，借脂粉以耗人精血者，有之自田生所遇始。田生海陵人，將赴金陵試，見溪旁繫小舟甚精潔，買之鼓棹去。行里許，適渴甚思飲，呼奚奴煮茶。艙後一美婦搴簾出，睨之麗絶，持玉椀覊然曰：「儂有佳茗，當解郎渴也。」啜之，香沁脾胃，心旌蕩不自持。問妙齡幾何矣，不答，持椀入，回首流波，嫣然微笑，田惑之。每有所需，皆先意至，若預知者。一日抵石浦，感舊事，伏枕長吁。婦察之，以所吸淡巴菰進，且微哂曰：「如此風月，胡鬱鬱爲？郎君其有所思乎？」田曰：「人各有心，豈卿所知者？」婦廻眸曰：「儂不痴，何不知也？」遂搴簾欲入。田强挽之，問：「卿知奈何？」婦粉頰紅暈，默不語。田魂摇欲飛，猝問：「卿見憐否？」仍俯首久之，佯指云：「奚奴來。」遂遁入後艙，田悵悵如有失。是夜月白如雪，田伏枕不成寐，似聞隔板彈指聲。發壁隙窺之，見婦挑燈支頤坐，殘粧未卸，乃低吟古詩云：「相見不相親。不如不相見。」婦嘘氣作小語云：「儂豈忘情，恐奴知之，添笑柄耳。君佯睡，俟月上篷窗，當慰郎岑寂也。」田遂捲衾卧，半晌，簾有聲，時新秋嫩涼，月光中見皓質霜潔，瑟縮作寒狀，悄然啟帳入。田慰之：「冷煞卿矣。」婦摇首笑不答，遂相繾綣，雞鳴乃去。田昏然入睡鄉，既寤，見婦華粧坐枕側，因問：「船外莫有人否？」婦摇首。田因俏言：「昨爲卿幾至骨醉。卿何術令人消魂至此？」婦顔赬，以手擊田口輔作小響，自取雨前茗哺田，殷勤侍田起。自是每夜必至，田憊甚。越旬日抵家，訂後約而別。春殘，田過紅板橋，見婦坐緑楊陰中一小舟舫上，以手招田，急就之。婦遂摇柔櫓，咿啞入藕花深處，繫纜蓮莖上，笑指云：「此非鴛鴦雙宿乎？」取花瓣藉舟作茵，綢繆竟夕。田曰：「卿江湖飄泊，花月誰憐，肯偕歸作白頭人否？」婦曰：「儂固願之，蒼蒼者不肯也。」田問故，婦凄然不答，且曰：「君心頭人將至，好珍護之。然恩爲怨始，愛即恨胎，莫到無可挽回才回首也。」田愈不解，因問：「卿其仙耶？」婦曰：「非仙，狐耳。先媚大腹賈，致破家，上帝怒，幾誅之。儂泣訴未傷命，乞釋我自省愆。帝命錮終南山五百年，限滿乃得出，偶遇君，動情魔耳。今緣且盡矣，當别去。」牽田衣嚶嚶泣。田爲唏噓淚下，問：「後得見否？」婦指田心曰：「看此間誠不誠耳。」少焉月漸低，復摇櫓至緑陰中，以錦袖遮面，推田上岸。田返顧，惟見烟波一片，秋月無聲而已。

洪承疇九世後身

吾通沈文清公岐，由左都予告歸里，年已七十矣，其封翁夫婦猶健，子孫繞膝，五代一堂，鄉里榮之。長孫善慶，以舉子大挑，需次淛江。次錫慶，由翰林官湖北監司。善慶無子，以錫慶子慎齋嗣。慎齋故不羈，遵例捐同知，爲皖省釐局幹員。會善慶卒於浙，慎齋由皖奔喪，扶櫬歸。明年，聞曾伯國荃入覲，國荃，文清公友也，慎齋謀往謁，由申江（蹴）［僦］洋舶，破浪直去。甫抵燕台，時已薄暮，黑浪掀天，黃霧四塞。適對面有洋舶來，隱隱聞吹號聲。洋人急轉舵避之，舵壞，轉瞬間霹靂一聲，人聲鼎沸，船中裂，水汨汨入，初及脛，漸没腹。洋人急放小艇，衆争上，落水無算。慎齋時在中艙，尚吸烟，二僕即掖之下。甫及艇，艇上纜忽忽未及割，輪船沉，艇亦隨覆，於是向以爲獲救者，復被波臣苦延去。幸來船停輪撈救，獲活者二十餘人，而慎齋渺不知其所之矣。二僕得援，其一氣已絶，腹隆隆然如鼓。洋人裹以氈，持木杵按節擊之，逾日蘇，隨來舟返滬。至家述其狀，家人具衣櫬，赴燕台水潯招魂而葬焉。其同母弟刑部副郎仰韓，名景文，素篤手足誼，痛兄之死，爲文告諸神。其家奉乩仙甚靈，判云：「閱沈子疏，知爲暗水獄也。爾兄本前明巨奸洪承疇九世後身。勝國貳臣，以洪爲最，死後入泥犁獄。一世爲牛，宰祭思陵。再世爲本朝鄂爾泰坐騎，立功塞外。三世復人身，官佐貳，以功過不抵，復入泥犁一十九年。四世爲豕，五世爲羊，六世爲蛇，未嘗噬人。七世八世俱爲僧，頗持戒行，故九世得爲宦家子。因平生剛愎，隱惡多端，例於同治癸酉入黄沙獄，以扶嗣父官柩回籍，遲至今年入黑暗水獄。不知者以爲文清之祀，忠厚留遺，何以至是，殊不思天道無私，禍福皆由自招。嗚呼！孽緣未了，警報將來，不能顯爲示也。」判訖，仰韓不勝悲歎。夫輪廻之説，儒者勿道，然承疇以前朝大臣，身事二姓，毫不知恥，所謂地獄之設，正爲此輩也。使必以渺茫折之，則彼小人愈無所忌憚矣。

鬼梳頭

先君景西公，幕游貴州某大僚署中。夜半秉燭閲文卷，忽聞窗外閣閣，聲細碎，若女子蓮鈎然。私念署中烏有此，疑懼參半。俄陰風起室中，燭幾滅。公知有異，急滅燭登床覘其異。時月明如晝，帳外纖忽畢現，見一絶色女子由門隙蛇行入，據公所坐椅上，翻閲宗卷數四。袖中出一梳，長嘯一聲，手捧頭置案上，卸簪珥，以梳理髮。理畢，徐盤螺髻，復戴（頂）〔項〕上。公口若瘖，手若縛，惟默誦《金剛經》。甫動念，鬼似知懼，漸縮小。公神氣亦漸清，索大聲朗誦，未終卷而鬼已没。慮其復至，誦不輟。適僕李升宿房外醒，公呼之起，燃燭待天明，述其異於人，咸不知是何怪也。後遂扃閉，無有敢下榻者。

凶宅

京師順治門外鐵老鸛廟一宅最凶。先君子甫入都，僦居於此。外祖母王孺人喜後院幽敞，偕先妣陸安人寓焉，未踰月，暴疾相繼卒。殯之日，家人往送祖母，范太安人獨留。甫晌午，祖母至後院，猝見一少婦立靈案右。初疑僕媼，審視，面紙白，披髮蹙眉，目直視，熒熒作碧光，舌拖頤下寸許，胸以下隱約不可辨。祖母殊不懼，索近前觀其變，鬼入壁中没。晚告先君，遂遷去。他日詢之鄰人，始知先居是宅者爲富商，以有外遇逼妻縊，浴盆斂之，瘞是室，迄今剛三歲云。

又

業師周雲樵先生，工舉子業，綺歲冠童子軍。顧命蹇不能副其志，學者惜之。同治初，買四步井湯氏宅，既遷，意頗自得。未幾，僮無故縊死。意惡之，欲售，無敢問價者。後生徒益衆，屋隘不能容，廉價得宅後廢屋三椽，略加葺飾，奉母居之，愛女隨侍焉。踰年，母以瘋疾卒，甫殮而女疾作，又卒。弟媳楊，少寡性傲，盛氣遷入。初無恙，期年，竟終不免。噫，宅真可以禍人耶？予聞德能勝妖，先生誘掖後進，終歲無倦容，妖鬼豈敢侮之？或會逢其適，庸庸者遂歸咎於宅耳。不然，使窮凶極惡竟卜居於吉地祥門，天遂不得而殛之，且加以厚福焉，有是理乎？有是理乎？

揚州旅邸鬼

通州石港場朱虹橋，名醫也。自言居揚州時，孤宿旅邸中，秋風破屋，據短榻吸芙蓉膏，一燈冷對，熒熒如晤故人也。漏三下，聞履聲橐橐然自外來，竦然起聽，布簾已自開，一老叟拈鬚入，衣冠古樸，步視清高。朱疑旁舍客，拱之，叟答禮。問客何姓，不語亦不去，徐行室内。主客默然有頃，啟簾出，送之，復一揖別。明夜又至。朱私念客殆癖烟者，以具進，拱而謝，請乃就榻，燈驟縮，光閃如螢。朱倦欲寐，恍惚中聞叟吸有聲，三吸乃起，欣然一揖去。朱如夢覺，如醉醒，燈乃明如故。心知異，天明質居停。居停哂曰：「叟岸幘而深衣乎？」曰：「然。」「黧面而鶴髮乎？」曰：「然。」居停曰：「是嘗宰吾邑，羈此不知歲月矣。游行自若，不虐吾民，客敬而遠之可也。」朱矍然曰：「其鬼耶？請觀其迹。」居停引至後院，見破屋中一朱棺，塵積寸許，拂視有字「甘泉令梅君西銘之柩」。朱牲醴祭之，移寓去。

趙甲

咸豐粵匪之亂，天下一大劫也，然可逃不可逃，則仍視乎人心，莫謂冥冥者真無知也。吾通趙甲與錢乙善，以貧，偕往江南充（幕）［募］。踰年並返，甲暴富，篋中白鏹纍纍，金條脱皆數十計，妻子相慰。乙則行李蕭然，月餉外無餘蓄。乙妻恚曰：「儂薄福適君。昨見甲嫂，頂珠翠，被羅綺，視儂婢媪不若耳。君所以不爲床頭人吐氣者，必囊中金被牆外花耗盡矣。不然，豈有同入寶山而君獨空手者哉？」乙長嘆無一語。未幾又偕往，又踰年，乙獨歸。妻問甲何在，乙嘆曰：「卿向者謂我不如趙甲能。趙甲前在大營日久，民家肆劫，遇難民，殺之，奪所有，此髮逆行徑也。卿但見眼前得意，輒誚予，予不必辨，辨亦當不信。今天網不漏，趙甲蹈前轍，會賊北竄，帥遣趙登臺瞭之，失足墜，洋銃機洞喉死。賊過，屍蹂躪無覓處。嚮使予效彼所爲，猶得與卿團聚茅屋中作柴米夫妻耶？」妻感服夫先見，欣然作黍，開舊釀，歡飲竟夕，恩愛倍篤。甲妻自暴富後頓改氣習，日與巨室婦作葉子戲，積資耗殆盡，尚望良人挾重貲歸還所負。聞乙返，趨詢夫踪，乙述之。甲妻大慟，欲自縊。乙勸慰，假微資俾度朝夕，後卒以無依倚嫁去。乙亦買數畝田，與妻子力耕，不復荷戈作封侯夢矣。

記族叔祖避亂事

錢蘭臺大令文偉，以名進士宰河南靈寶。粤逆北犯，城陷，公衣冠坐堂皇罵賊，不屈死之。其族兄某，携其女公子匿民間，遇賊問何業，以茶商對。賊漸散去，有黠者見女公子指甲長二寸許，欲之。女公子啼不肯。賊怒，脅以刃。女公子懼，啼愈急。其族兄憤曰：「死即死耳，凌女子胡爲？」賊遂盡殺之，於是錢公全家殉節矣。時予族叔祖西賡方在公幕，與刑席某偕匿王氏廢宅。未刻，賊前隊薄城下，皆驅良民爲之者，不輕刃人，猶令西賡速他匿：『待老賊至，無及矣。』西賡以輜重故不忍棄。傍晚，後隊大至，搜殺無遺類。入廢宅，西賡觳觫哀之。問降否，曰降。與紅巾一，手銃一，令明日隨隊行。既夜，賊分踞宅中，以一榻置西賡與某其中，而以二老賊夾之，虞其遁也。西賡謀於某曰：「得間走勿顧，驚之並死矣。」三更許，西賡醒，視某已亡去，遽潛起。出户數武，覺後有尾之者，摳衣作欲溲狀。賊不疑，復折而出。時月涼如水，空城屍積三尺許，西賡蛇行過，衢東群犬吠逐之，伏屍側不敢動。宅内賊又驚出，持炬遠燭，頃復入。又聞馬蹄得得從南來，鈴鐸聲雜，愈駭，分必死。既而過，驚喘少蘇，急竄入僻巷内，見一破板門，徑掩入。殘灶無烟，人聲四寂，藏洋銃紅巾甑中，復循曲徑，得小屋三楹。葦席覆有物，揭視，赫然無首屍，駭極。入房，一竹榻，亂草堆積。倦少卧，隱隱聞牆外角聲，知賊將起隊去。少頃，窗外作微響，起跡之，出對面屋内。門扃不可入，舐窗覷之，屋角漆黑，似有人長吁者。懼，返卧。旋又聞千百馬蹄聲，疑賊已出境，然仍不敢出。時無更鼓，度月色近五更矣。又久之，街衢聲寂，整衣起，將出，忽有持械踰垣者。懼欲逃，轉計彼孤，鬥或勝，取所藏洋銃將擊之。其人諦視曰：「君戴師爺耶？」問子爲誰。曰：「予署中擔水夫也。此予家，地下屍是予兄。嫂潛北屋内，已一日夜不得食。予匿鄉家，覓得餺飥食嫂。畏賊，故持兵耳。」西賡具述錢公死事狀，相與痛哭。出門，見屍縱横碍行路。其人歷指此何人，此何人。近廢宅，一屍浴血臥，視之，某刑席也，蓋逃出時遇巡賊殺之。入宅，箱篋狼藉，蓄積一空，西賡大痛。其人挽以歸，潛中州年餘。幸繼是任資以金，乃（蹴）〔僦〕笨車奔江南，而飄零剩一身矣。

周石工

京師周某，與黄某合夥開石行，歷有年矣。周樸而黄黠，黄陰侵其資過半，反誣周。周不服，互控於刑部。黄賄刑部，部遂左袒黄，繫周獄，三年不放。黄顧盈，業且日盛。周桎梏久，病瘠欲死，央獄卒唤妻一往訣。既見，泣曰：「我負沉冤三年矣，今且死，萬無伸理。吾子好撫之，必報吾仇，勿忘也。」妻泣諾。已而周竟死，黄喜曰：「莫余毒也已。」益出資廓其業。數年，周子漸長，以勇聞。一日嬉於庭，母訶曰：「偌大兒，父仇不知，尚作童子戲耶？」周子茫然，母泣述之。周子忿火中焚，覓利刃趨而出。母止之曰：「此何事，冒昧乃爾也！事敗奈母何？」周子遂變姓名，詣黄求師事，黄許之。周子勤謹，得黄歡，許旬日一省母。踰年母卒，周子葬畢，毅然曰：「今而後可以伸吾志矣。」會黄妻壽，周子登堂拜，甫起，抽刃遽刺。黄大驚，欲擒之，周子從後剁其首。黄三子，大者纔九歲，皆被殺。其弟昇屋，周子從之，遽砍其肩，負痛墮地死。其弟一幼子二女，哭而詈，周子怒，盡殺之。蓋一食頃，男婦老幼死九人，其弟婦抱一稚子匿鄰舍得免。周子開門大步去，坊保欲縶之，周子曰：「我自到刑部耳，豈有畏死而殺人者哉！」慷慨赴鞫，且述父被冤狀。司員閲舊案，良然，問：「有仇何不早報？」曰：「以有老母在。」官嘆息，既而曰：「報仇，孝子；滅族，已甚耳。」周子供氣忿莫遏，願抵法，遂如例擬磔。赴市日，至死無怯色。

湯文忠公軼事

湯文忠公爲相日，乘車過宣武門大街，有賣菜翁弛擔坐，前驅者誤觸之，菜傾於地。翁不知爲相國也，捽長隨下，詈且毆，欲索菜值。公啟簾笑曰：「值錢幾何耶？我償爾。」翁言一貫。長隨曰：「此數文耳，何詐也？」翁怒曰：「即一文，誰使觸我？」

復欲鬥。公笑止之，且曰：「索錢我家何如？」翁不肯，曰：「官無良，將愚我至家，送我也。償則此地償耳。」公爲之窘。適南城指揮至，請安已，禀曰：「此小人，卑職帶回重懲可也。」翁始懼，叩首乞哀。公謂指揮曰：「無庸，假貫錢足矣。」指揮請自給翁，公不許，乃如數携至，公面予翁。翁觳觫謝，固予之，乃叩首去。公停轡，故與指揮言許久，意翁行已杳，乃别指揮，叱馭去。

王孝廉

王孝廉，忘其名，粤之瓊州人。赴禮闈，寓崇文門外。偶進城閑步，迷路不得歸。徘徊間，見道旁有畫輪車，將僦而乘，以告御者以寓。御者笑曰：「我知之。」促之升，鞭騾狂驟二里許，至一巨第。王言非是，御者不答，遽以鞭撾門。俄一雛鬟啟闗，見王嫣然笑，且招手。王愕然不敢進，鬟曰：「蠻子多無胆也。」强推王入，歷重門，至一大院落，竹蔭森森，湘簾垂地，玻璃窗中隱約露粉黛影。王問：「此内宅，莫誤入否？」鬟微嗔曰：「業誤矣，囉嗩便放出耶？」啟簾推王入。亦旋聞房中環珮聲，一三十許麗人出迎，黯穠凝露，波溜涵秋。遽携王手入别室，悄詢：「郎何省？到京幾日矣？」王赧顔述之，問：「宅上何姓？」麗人笑不語，顧問王：「此間樂否？」王點首，麗人笑曰：「樂即住此耳，不必思蜀也。」既而燭淚摇紅，酒香泛碧，王骨醉神迷，佯倦據綉榻。麗人遽起，掩關入幄。狎未已，忽雛鬟倉皇入曰：「主人歸矣。」王戰栗，麗人囑勿聲。倏一偉丈夫推門入，紅頂翠羽，著麒麟補服，竟傍粧臺坐，呼鬟爲更衣脱靴。既竟，索烟具，坐吸久之，徐步出，若不知帳内有人者。麗人笑曰：「賊退，將軍好出頭矣。」王曰：「此何人？幸未見我，不然，幕中賓爲階下囚矣。」鬟與麗人相視笑。自此綢繆竟夕。居久之，思歸，麗人亦不甚留，遂仍乘車返。述之同儕，咸嗤其妄。王後自往尋，仍迷路，復僱車，則送回旅次矣。每念前事，輒疑是夢也。

雷提龍王像

如皋東鄉岔河鎮舊有龍王廟，殿基湫溢，門壁僅存，非土著者不知爲禱祀地也。廟無僧道，無賴男婦溷集其中，倚竈作竈，藉案爲床，兒女穢物狼藉，臭味至不可近。光緒戊寅六月，天大雨，風馳電驟中霹靂一聲，擊廟壁成穴，提泥像立廟外。男女皆震仆，久之蘇。夫污穢神明，罪固不赦，而反活之，蓋謂禽獸不足污斧鑕也，潔身引避，不與同處可耳。處小人之道如是如是，神聖所以爲神聖也夫。

純孝通神

胡比部錫藩，常熟人，事母純孝。母病，衣不解帶者逾月。醫治既窘，泣而禱於神，割左腕肉寸許煎湯進。母張目曰：「兒以腕肉啖我耶？」錫藩力白其無。母曰：「勿誑我，適金甲神語我矣。以兒孝，我可中壽。」錫藩欣慰，母病竟愈。未幾，錫藩病，幾不起。昏迷中見青衣人促之行，闤闠喧闐，似熟經路。入一官署，兩廊縶赭衣者纍纍，恍惚憶是城隍廟也。俄聞堂上傳請胡孝子，青衣人導胡由丹墀陞，伏謁不敢仰視。神霽顏降位，手挽之曰：「孝子天神皆敬，況邑令乎？」揖就客位。胡自念身入冥曹，堂上不知悲痛奚似，戚然涕下。神曰：「古今惟孝可挽數，君勿過憂。所以延君者，將賞一以勸百也。」顧吏出册，胡繙閱，見己禄已盡，硃書「延年一紀」四字。胡拜謝，神曰：

「孝無死理，非神有私於君也，何謝焉？」仍命青衣導之出。瞬至門，青衣者遂推胡入，霍然蘇，病若失。自言神貌殊温雅，藍頂花翎，衣飾皆近今制度也。胡兄弟三人，伯、季早亡，皆無子。錫藩爲似續計，訪美於雉城，與余遇。友人鄭鶴汀述其盛德，余不覺起敬。錫藩潸然無語，淚涔涔落襟袖。噫，如斯人者，真可以爲薄俗風矣。

燒車御史

御史湖南長沙人，諱其姓，立朝剛正，不附權奸。巡街至北城，遇相府豪奴坐後擋車，擁衛而至。御史問左右：「伊何人？」曰：「安三太爺也。」問：「安三何人？」曰：「相府閽者也。」御史大怒，曰：「閽者乘朱輪，中堂將乘鳳輦耶？」命拉之下。左右不敢，御史曰：「有事我自當之，不拉且箠汝。」左右不得已，啟安曰：「某御史請爺。」安三降輿揖御史，御史不動，卒然曰：「爾某相府奴，胡見官不跪也？」安三怒曰：「御史何官，敢屈我？」遽走。御史叱止之，厲聲曰：「國制唯大臣得乘朱輪。汝狗奴敢僭名器，罪宜杖。」命左右杖之，左右視以目。御史趣呼杖，左右不得已，撻如數。已又命取薪積輿兩旁，燃以火，烟焰蔽空，霎時成灰燼。叱安退，且曰：「此小懲。不悛，且及汝主。吾不懼鬼蜮伎倆也。」安三狼狽去。御史私念權臣必見擠，遂上疏乞養，星夜出都去。安三果泣訴乃主，明日，將計黜之，見御史疏乃止。雍正初，諸奸伏法。御史孫成進士，傳臚日，上見履歷，喜曰：「汝燒車御史裔耶？」置一甲。後孫曾鵲起，及今尚有登第者。

某中丞道友

某中丞督兩江時，有天狐佐其治理，每事必先期報，中丞呼爲道友。他人聞其聲，不見其形也。或僚友宴會，偶亦衣冠出，笑語如恒人，無少異。一日，有狼山千總袁文魁求見，中丞遽命入。狐適在坐，大駭，身暴縮不及尺，躍入中丞袖中，化爲筆。少時袁出，狐乃落地，轉瞬復人形。中丞笑曰：「不懼一品官而懼一武弁，豈赳赳之氣直足壓倒神仙耶？」狐曰：「不然。天上諸部與人世同，惟雷部、瘟部嚴不可犯。公等雖天上貴神，然非其統轄，敬之而已，不必畏也。彼袁君職只么麼，前世爲雷部侍者，狐正所屬，敢以位小而忽之乎？」於是中丞趣袁速赴任，狐乃安。又三年，中丞陞見，狐辭去。公挽留，狐曰：「京中此二部尤多，君勿以愛我者害我也。」乃聽其去。後絶不一至，意其證正果矣。

卷三

賣薑翁

泰興黃橋鎮有賣薑翁，不知何許人，亦不詳其姓氏。其弟某負絶技，恃勇忤人，鄉里銜之。一日至西市，與市儈鬨，衆皆靡，鳴金四鄉，兵械麕至。某度不能脱，飛身上屋，迅若鷹隼。衆舉洋銃擊之，飄然墮及中市。鄉人圍之數重，某持梃運如風，電光炫睛，利器不能入。猝爲銃子所中，仆地復起，衆乘勢紛擊之，刀石雨下，某乃僵。黠者慮其詐，舉鋤齒築其胸者三，撫之冰矣，衆始散，遣健者十數人守，將報官請驗而殮焉。日春甫下，有耄者策笻至，腰背擁腫，步履甚艱，鬢髩鬔鬔如銀，帶眼鏡，似鄉塾童子師，從衆中擠而過。健者叱之：「老悖非無目者，何與鬼物争道也？」耄者以繞道路且遠哀之。衆易其老，許焉。耄者從容至屍前，數之曰：「吾囊嚴誡爾，恐以負勇攖衆怒。今且死，自取復何尤？」衆聞大駭，知其兄也，然夙稔賣薑翁無勇名，輕之，羣以械擊其首。耄者揮杖徐應，觸者踣相繼。復鳴金，衆又集。倏見某尸蹶然起，奪鄉人械，隨耄者衝道出，當者輒仆，死無算，至河濱，皆亡入水。衆呼聲相應，終無策。逾時，見二人從容出，趨泰州大道去，衆不敢追。自此黄橋無二人迹矣。

打人王

打人王，黄橋農夫子，膂力絶倫，能飛身踰重屋，履數丈官河若平地，屐不沾濕。泰境好勇者與鬥，多被創，遠近震其名，遂真以爲天下無與敵矣。然拳法無師傅，性又蠢，不可以情理喻，識者不屑與之搏也。南京甘鳳池，以拳勇聞江湖間，一日過黄橋，行囊告乏，售技於市東，觀者雲集。王聞之大憤，雞鳴奔甘寓，叱曰：「何物狂奴，目無餘子，獨不聞黄橋有打人王耶？」甘曰：「初經上國，實出不知，乞宥疏忽。」王不答，遽觸以首。甘退身避，且曰：「窮途行乞，非得已也，容竭誠負荆可乎？」王摇首，復力觸之，甘猶退讓。既見觸不已，乃腹禦之，徐曰「得罪得罪」。王踉蹌踣敗牆側，牆壞，顛糞窖中，力挣乃得出，抱首遁。晌午，見一四十許人，鬚髮如蝟，持酒榼入門。問姓名，打人王之兄也。甘大駭，疑必負絶技，爲乃弟報復者，聳身躍數十步外俟之。其兄笑曰：「勿爾，予非角力者。劣弟屢戒弗悛，今受創，始知天下尚有偉人，從此當不敢萌故智矣。今特以斗酒酬大德也。」甘始釋然，與爲禮。明日詣其家謝罪，打人王慙弗見。

楚北異人

楚北有異人焉，少習舉子業，能爲擘窠大書。又嘗習技於少林寺，遠近無敵。粵匪起，全家遇害，異人幸免，手足皆割斷，成廢疾。賊退，無以謀生，縛筆於腕，書法遒勁若平時。求者接踵，衣食得自贍。楚人故好勇，異人臂縛雙刃，市勇於漢陽，跳躍飛舞，雀燕無其輕捷。觀者歡如雷，金錢雨落。三年，集資巨萬，繼族人子爲螟蛉，買宅娶婦，居然大家。異人晚年穿靴據胡床，腕繫木掌，錦衣被身，非素識者不知其廢疾人也。享福數十年乃卒。噫，亦異矣。

胡殿元

吾通胡殿元長齡，幼嶷異。相傳其封翁某爲刑吏，郡紳以盜告，失甚渺，呈有「由大門而入」之語。封翁念由大門罪且決，潛加一點，易成「犬」，竟以竊案上呈，盜獲減等。又一盜案發，擬大辟，録供時扳仇家十數人，將籍逮治。封君私焚其籍，以災告。郡尊怒，革之，而十數家得免禍。其後子大魁，由卿貳躋大宗伯，封君猶及見之。冥冥之中，誰謂無報施哉？

王文愼公

吾通王文愼公廣蔭，與方伯公藻同姓而不一族。未遇時約偕北上，方伯公捷，預館選，文愼落第，思留京圖再舉，苦無仰蓄資，遂鬱鬱偕方伯歸。文愼公家屋三椽，破陋不蔽風雨，無几案，以三足椅支壁讀書，繩床外即釜鬵也。父狷介，館穀外不一毫妄取。適卧疾，聞子失意歸，大怒。文愼亦慮父譴，留行李舟中，輕身歸，進門呼父，不應，反身面壁臥。文慎公慙懼，跪榻前不敢動。父忽回首哂曰：「汝從王四回耶？」蓋方伯行第四也。文慎公不敢應，父又曰：「王四翰林回，汝亦翰林回耶？」文慎泣失聲。父愈怒，叱之出，曰：「不中勿入吾門也。」文慎退見母，母以糲食啖之，令避舅家。舅固富族，憐之，予百金，勗曰：「明年恩科，甥速返，安見不狀元歸乎？」文慎公遂行抵京，閉門謝客，日伏案作楷書，積策卷萬計。試前出所習，焚香祝之曰：「某屢躓，不能得二老歡。今殫全力爲背城戰，敗則身殉之耳。」祝已痛哭，繫巾梁上，示必死。揭曉，果巍然前列，殿試以第二人及第。先是，閱卷某大臣定名次，公第七，置前十卷枕側，假寐，將以侵晨進呈。覺枕少動，知有異，急檢視，公卷已抽出寸許，蓋黠僕欲以賄者易之也。某大臣遂不寐，移置第二，懷卷待天明。及臚唱，竟依所定名次及第焉。捷書至家，太夫人方支破釜作早炊，報者足觸釜，釜壞，太夫人泣曰：「斷吾炊矣。」以泥金帖示之，乃喜。公後官至大司空，以恭送御容至瀋陽，積勞薨於京，予謚文慎。

五子登科

吾通科甲之盛，道光中瑞事尤多。城西平湖鎮馬姓兄弟十二人，九入泮，登鄉科者五，登甲榜者二，登明經者一，惟末三人庶出，以太學終。聞其纍世有隱德。祖襄，司鐸徐州，督士綦嚴，文風蒸蒸日上。有諸生五人以非罪罹法網，尹移牒拘之，襄匿五人樓上，課之讀。是年省試捷三人，明年恩科又捷其二，事乃寢。襄子芬亦名諸生，食餼於庠，謙光可挹，鄉里無間言。晚年送子孫赴試，三科捷五子一孫。其第七子映辰，九子毓森俱以進士爲郡守。餘則司馬、大令，簪笏蟬聯，及今尚方興未艾云。

五代進士

通州科第甲一省，惟孫氏世澤最長。其始祖閎達，榜後得知縣，宰太原，政績卓著，晉人呼爲「孫佛」，以放囚被議歸。孫兆鼇，主政。兆鼇子廷元，知縣。廷元子銘恩，由翰林官閣學，督學於皖，死粵逆之難，謚文節，世襲騎都尉。銘恩子登瀛亦翰林，以團練積勞卒。五代皆貴，爲通望族。光緒丁丑，登瀛弟贊清又相繼成進士。其世德之遠如此。

吴應和

吴應和，如皋富人子。其父善居積，家小康。無子，祈禱備至。一日，有僧自五台來，募修梵宫。吴慨然施十金，與之食而遣之。僧去復回，曰：「雲遊七省，集款一竿。孑身挾重資，恐蹈禍。君長者，敬以相托。五年後過此，當取去。」其父大喜，收其金。僧飄然去。其父資僧財營運，及期，富逾十萬。忽閽者報僧至，其父矍然驚，沉吟久，整衣出見，卒然曰：「前已勉力助善緣，今又至，何數也？」僧愕然，曰：「千里行乞，悉聚君處，苟食言，神且不佑。」其父變色曰：「行脚僧千金何有？詐我，嗚之官。」叱左右驅出。僧號屈，市人蟻集，咸不平，顧無左證，勸其父出半數遣去。其父曰：「吾非吝金，與之無名，人將怯謂我矣。必不可出。」僧忿忿掉首竟去，其父私喜。翌日，僧縊於叢林内，官驗葬，事卒未發。明年，婦有身，産之夕，其父伏几假寐，見僧瞪目入，厲聲曰：「予得請於帝矣。」其父哀之，不答，入内室。俄小婢撼之醒，曰：「夫人育矣，男也。」父無喜色，名之曰應和，謂應在和尚也。既長，性悍戾，奴視父，稍拂，詬誶百端。父知前孽，忍之。每食必四簋，費千錢，猶謂無下箸處。見父有肉食則怒，碎其案。一衣輒十金，製不時，壞之易新者。父漸積成膈氣死。應和愈無忌，家置刑具，撻臧獲如懲重囚。有佃租不時納，箠數百，氣絶。佃家訴之宰，宰素稔應和不法狀，縶於獄，問如律。應和賂當道，不得免。光緒改元大赦，減等折責發放。既歸，田産罄盡，性不少悛。會祠祭，宗族畢集，應和後至，品服炫赫，有驕色。族某哂曰：「縲絏亦衣冠耶？吴祠中無着赭子孫也。」應和慙，投池死。

某翰林

京城最重相公，妓家絶少，金魚池等處特輿隸溷集之地耳。咸豐中妓風大熾，胭脂、石頭等衚衕家懸紗燈，門貼紅帖。每下午，香車絡繹，遊客如雲，呼酒送客之聲徹夜震耳。至消魂真箇，酒醉留髡，温柔鄉風味，固非親閲歷者不能言矣。士大夫相習成風，毫不知怪，身敗名裂無論，且有緣之褫官者，則甚矣風流藪之爲害烈也。有某翰林者，學富而遇貧，嘗貸於同鄉兵部某友，友曰：「區區當如命，能從我遊平康乎？」翰林重違其意，姑偕往，至則有富賈四五人亦聚飲其所。兵馬司偵知，羣圖賈，比集，賈已去，遂執翰林與友。求賂不肯，繫南城署中，官斯地者不知爲清貴客也。會放考官差，某得雲南，報至，尋不獲。南城訪實，懼詳都憲，移交刑部。部不能隱，入奏，翰林與友皆褫職，時人惜之。夫友一老部曹，得失尚細，翰林則以十年辛苦，甫掌文衡，前程正未可量，而卒以貧故爲友人所累，可憐亦可惜也。

撫署狐仙

浙江撫署中有狐，常幻作美女，容貌甚都，往來花柳中，不甚避人，然亦不爲祟，故亦安之。有幕友姚，年少佻達，聞狐美，時萌淫念。中秋夕，月皓如銀，荒園獨步，望空悄祝曰：「如此良夜，美人應苦寂寥。儂自比漁郎，肯令桃源鼓棹否？」祝竟，四顧荒涼，凄然欲返。忽如有牽其裾者，回顧，一雛婢年纔十二三，眉目姣好，顧姚笑曰：「癡子，美人喚汝矣。」問美人何在，又笑曰：「我道汝癡，既喚汝，怕美人飛去耶？」促之行。度花叢，曲折入幽徑，訝曰：「我向時不見有此徑也。」婢不答。俄迎面一畫樓，緑窗半啟，一淡粧麗人倚闌立，見婢笑曰：「來耶？」曰：「來矣。」引姚拾級陞。見樓中舖陳華麗，煖香醉人，美人攜手笑迎曰：「感君綺注，願締同心，勿負今宵好明月也。」姚神魂顛倒，不知所云，眈眈癡視而已。少頃，酒饌雜陳，婢持壺酌姚，笑曰：「癡子在外作如許態，今怯飲裝老實耶？」姚面赬曰：「乍覩仙容，饞腸已飽，雖珍錯不能下箸矣。適聽鐸聲，莫已三鼓否？」婢曰：「設我不喚君，君孤燈坐守，便四鼓何如？」美人亦笑曰：「狂生亦可憐生，癡婢絮絮何爲？將盞子收去。」婢故遲遲，促之始去。既而啟繡帳，展羅衾。姚挽美人寢，美人言將卸晚粧，命姚生就枕。甫入衾，覺身體拘束若就縛者，寒風砭肌骨，不可耐，急呼，美人已杳，牀帳皆不見。乃身卧石罅，四面爲石逼，僅露其首，手足皆不能反側。呼救，聲且澌，迄無人影。適撫軍延客玩月，命請姚，遍索不得。有從後圃見之者，奔告撫軍。撫軍大訝，率衆往觀，詢其何以至此，已昏不能言。撫軍知狐所爲，爲焚香力請。聞空中鶯聲嚦嚦云：「看大人面，饒此輕薄子。」言未已，姚已匍匐出，石縫復合。見撫軍身尚赤，汗顔不敢仰視。撫軍亟命衣之，問得罪大仙之由。姚益慙，囁嚅不能吐。空中又語曰：「速自陳，否則還卧汝石衾中。」姚懼，乃吐實。撫軍曰：「輕薄至此，宜仙人之痛懲之也。」翌日，姚不辭去。

一真和尚

如皋城内定慧寺，裏下河第一叢林也。僧徒數百衆，延杭州一真和尚爲方丈。道行高妙，能背誦梵經萬卷，日坐禪床説法，邑紳士皆頂禮焉。居數載，忽惑於旁門，遁之北鄉某庵，買二淫娃，意在取丹，狎褻竟夕。聞者愕然，浮言四起，爲邑令某拘去，將盡法治之。胡太史佛生與一真善，爲緩頰，得出獄。遂蓄髮游吴楚間，踪跡詭異，倏行倏藏。同治中復至如皋，雙目忽瞽，赤足行市中。遇太史子子威，遽拍其肩曰：「子遇蹇矣，盍從我遊峨嵋乎？」子威謝之，大笑而去。武生冒某異其人，長跪街前乞度脱，遽攜手去。去八年乃回，膂力頓長，能手舉千斤巨石。從大軍征逆髮，以功屢擢至都司。人問一真何在，據云：「一真行最捷，書符予足，日馳五百里，旬餘抵四川。結茅峨嵋山頂，與蒲團，盤膝對坐。飢煮松子爲食，渴飲石洞泉，甚甘冽。山下有野草，葉似□，結實嫩紅色，日吞五六枚，甜香適口，一真謂是生力草也，然當時殊不覺。月餘，見一真漸不食，歷時許始呼吸。又旬日，呼吸俱無，盤膝坐如故，身不冷。予欲去不忍，姑守之。三日後，偶倦卧，張目，一真已不見，疑必羽化矣。予乃附估舶還。」然則一真其真有道術，而挾姬故作仙人之游戲乎？彼黑索來拘，胡不肉身飛去，而猶待現宰官身者之代爲解脱耶？是真是幻，吾不敢知。但既六根清净，四大皆空，彼善男信女竟可以無碍無遮也？恐佛國無此極樂世界，是究不可以爲訓。

鬼拜人

光禄寺署正某，揚州人，攜眷之京，寓粉房琉璃街某宅，傳聞甚凶，而某初不信。就職後，驅車謁大僚，家中留一僕一媪。夫人方曉粧，忽大門自闢，一駝背媪傴僂入，貌枯黑，衫裙敝垢，見夫人遽拜，夫人噤不能聲。已而拜漸近，夫人色變，冥然死。俄健僕奔而入，白某歸，媪乃滅。灌夫人薑湯醒。某大悔且懼，徙他宅有日矣。會某宦招飲，辭不獲，丐鄰媪二人伴，乃陞車行。夫人述其異於鄰媪，方咄咄稱怪，忽倉皇牽鄰媪衣失聲曰：「彼又來拜我矣！」鄰媪身互護之。果見怪拜不已，叱之不起，亦不去。夫人已踣地，氣漸絶。鄰媪舉銅盂奮擊怪，怪大笑，入地没。某適歸，見狀憤且痛，灌治卒不起，草草殮訖，徙居。去後扃鎖，無敢宅此者。或謂此必冤魂討替生者。余謂討替生必在黑夜，豈有白日青天鬼魅敢横行之理？此或是夫人前身孽耳。不然，宅眷亦多矣，何他人安然而夫人獨當其咎也？

彭宫保軼事

彭侍郎玉麟，湖南人。其未貴時，曾寄跡某質庫。粤匪事起，曾侯奉旨練民團，以乏餉，勸捐各大姓，質庫首先出資。彭往謁，願代辦軍儲。侯壯之，遂命與楊公岳斌分統湘軍營。時承平日久，兵惰不可用，彭紀律嚴明，百鍊成勁旅。由是所向有功，五年餘妖氛掃盡，而湘軍之名聞天下。彭以功洊陞兵部，加宫保銜。見天下無事，解組歸，屢徵皆不起。先是，各省皆陸營，彭創立水師，内河外海，鈴鐸聲相聞，南北洋無盜賊患。朝廷知公忠直，且熟諳水營利弊，遂聽其回籍，仍令按年巡閲一次，准專摺奏事，兵弁有不法者，殺戮得自專。彭受命，恒微行察勤惰，懲一儆百，水師爲之肅然。沿途關吏卡員亦惴惴相戒，恐不職爲公知。憶某處釐卡駐札者，監司也，差吏多不法，行旅寒心。一日，彭駕小舟至，命兵詣局請驗行，差不應。逾刻又請，則哂曰：「汝心躁耶，奈我不樂驗何！」兵覆命，彭大怒，趨至，厲聲曰：「請驗所以遵功令也。今有意羈我，豈空船亦索賄耶？」差亦怒曰：「便羈汝，敢控我？」彭曰：「我不控汝，直殺汝耳。」頤少動，兵遽擁至河干戕之。觀者失色，趨告監司。監司急出，見彭大驚，長跪請罪。彭怒色訶責，良久乃去。自此卡威稍減，不敢如前傲狠矣。噫！抽釐助餉，聖朝原非得已之謀，而營營於是差者，遂使寸地皆成陷阱，斗米亦列捐條，行旅裹足而不前，物價乘時而陡漲，卒之億萬人愁苦之氣，不過供數十輩烟酒之資。安得各省大府皆彭宫保化身，一一聲其罪而誅之，使天下拍手稱快也哉！

姜生

姜生，渭其名。幼負雋才，尤深於詞賦之學。宗師李小湖先生案臨，試經古，拔冠通屬。姜入謁，學宗與語，知其博，益器重之。姜對門有老吏徐姓，生三女，皆中下姿。大女年及笄，見姜悦之，姜亦心屬焉。一日有間，相約爲夫婦，堅以誓。機不密，頗有知其事者。姜倩冰人執柯，徐惑於蜚語，不許，且有諷言。姜大怒曰：「吾士人，甘爲賤壻，唯女故。不然，豈無大家閨秀，而顧向鴉羣中求鳳鸞哉？雖然，不欲已耳，我欲矣，老悖胡能爲！」會女與諸妹立門前，姜徑前捉其臂，諸妹遁，女嗔姜佻達，赧然返。徐微聞之，詈曰：「是酸子欲辱吾女，使通州無問名吾女者，吾寧老女閨中耳。」閉女幽室，不復出。州小吏某偵其事，艷徐富，求婚徐。徐以憤姜，徑許某。女聞，斷裙帶自縊，帶絶女墮，家人救得活。徐曰：「汝求死，將背父從所歡耶？」女曰：「然。父舍鳳麟，許豚豕兒，寧死。兒誠知違父不孝，私約不貞，然已誤於初矣。儻鮮克有終，將狗彘吾餘不食。」徐曰：「婢子拗至此。然婚以强合，吾恥之，終不適姜！」女曰：「不姜適，誰敢違親？親恤女，終不適可矣。」徐笑諾。女自此閉門誦佛，雖至親罕覯其面，人亦無與論婚者。姜聞女求死事，感女，益思得女，遂渡江謁小湖先生於舟次。先生爲薦之浙江學宗，司校閱。學宗愛其才，待益厚。公餘閑談，叩姜不娶之故。姜詭言幼聘徐氏，以貧故，岳中悔，女守貞不字。己不娶，報之也。學宗義姜，曰：「此事我當任之。」致書江督，由督札州，州牧傳徐至，述督意。徐曰：「無父母之命，媒妁之言，何云聘？未聘何爲悔？一貴一賤，彼甘俯就，我不甘仰攀，人各有志也。天下無我生女必適姜之理，則無不適姜即罪我之理。兒女婚姻，父主之，部堂大人親至且奈何！」牧不能强，詳督，督復學憲。學憲以書示姜，嘆曰：「命矣夫！先生可勿復拘拘矣。」爲别議婚，姜終不就，竟鬱鬱死途中。女得耗悲痛，守約益堅。聞近今鬢垂白矣，閉門如故。噫！姜非磊落奇才，儒巾中儘多佳壻；女亦尋常香粉，閨閣内不少麗人。而何以情重三生，客邸凄凉，白骨頓抛於異地；盟堅一諾，空房寂寞，紅顔長守夫孤燈？我生不辰，之死靡他。噫，異乎哉！亦傷乎哉！

王二太爺

城隍不知始於何時，自省會以至郡邑，處處祀之。京師有都城隍廟，在順治門内，西南旁列各省城隍，數之得十七，獨缺江蘇一尊。或曰：國初時各省城隍來朝，江蘇後至，改獨居城外，即今南下窪子城隍廟是也。或曰：國朝沿前朝舊制，南都爲陪京，當别建都城隍廟，而不在各省之列。其説近理。北人傳都城隍爲楊公繼盛，頗著靈異。其偏殿又塑一像，紅頂翠翎，若世顯宦，謂之王二太爺，則愈不知其所自。而要之聲靈赫濯，真有如人世所云者。咸豐中，圓明園燬於火。同治改元，將葺而新之。或謂都城隍廟殿材美，可取用，殿易新木。當時以爲然。會某大臣子病，禱王二太爺，良瘥，詣廟謝。既返，有持刺來謁者，則王二太爺。大訝，姑出見，形容如所塑。寒暄已，正色曰：「聞當事欲以殿材充園役，此關係甚鉅，乞止之。」某謝不預，神曰：「姑言之，機或可轉，否亦盡君職。」某曰諾，遂别去。甫陞輿，飛塵迷天，倏不見。翌日，大臣勸止，不可，覆於廟。禱竟，見神鼻孔起白烟，氤氳滿殿，火突出，自神身達殿梁，紅焰捲風，瓦飛磚落。鑼聲振天，水龍雲集。一時許，正殿及兩廊成灰燼，餘燄未衰，勢且及兩旁民舍，極力排壁倒，乃免。熄後，止餘大門、儀門兩進，廟僧焦頭爛額，支破蓆倚樹食宿。棲神木主於儀門右，搭茅屋，安王二太爺其中。各省城隍幸免，參差錯立木主旁。此予甲戌所目擊者，未知何時議修復也。

西來庵滋事紀略

天下唯「忍」之一字，一生受用不盡。先君子景西公虛怀處世，所至無争，僚友服其偉量。晚年以之訓兒輩，芬時十三，拳拳守之弗敢忘。年既壯，乃往往爲氣所動，欲遏不能。此由涵養未深，故器量太狹，追維庭訓，未嘗不自怨自艾也。軍興以來，各省抽釐助餉，蠹員緣之爲奸，私卡遍大江南北，行旅苦之。歲庚午，偕黄君笠溪、顧君晴谷、王君臨之三同年，赴江陰填親供。道出西來庵，阻於卡。舟人久爲魚肉，思藉以紓憤，激客怒，促卡放行。差不理，黄君厲言數之。差懼禍，啟鑰放舟行。時月色昏黑，不辨路，舟觸橋板落。差揚言舟客毁橋，令居民擊舟。西來庵本沙地，民頑梗不畏法，聞聲響應，土塊紛飛如雨，鷁首壓寸許。衆進艙避，黄稍後，中額，血被面。舟人不平，拾塊回擊之。俄岸上一人倒，民鬨愈甚。予思橋斷碍行人，令舟子泅水取板，不見，蓋已爲黠者匿民舍。遂泊舟，命僕往覓，王君隨之。甫登岸，卡衆擁之去，徑持刺送巡檢署，在舟諸人不知也。俄有悍差二，持鐵籤查艙，見無物，索然去，嗾岸上傷者裹額至，板舁之，家屬鬨鬧。兩岸民山立，登舟無數，舟顛播欲翻。問傷者，乃前村秀才子，過路被擊。啟裹視，皮纔破分許，血已凝。知其詐，勉慰之。其妻妹以爲怯也，潑愈甚。先是，卡員送王與僕至司署。司官高，故徽人，家於通。見帖，以爲鹽梟也，將鞫問。其僕李素黠，出問狀，急白司曰：「此新貴赴江陰者，黄其小人舊主也，豈爲販者乎？」司曰：「然則奈何？」李請邀黄至，爲調停，高許之。至是篝火至，達主人意。

黄乃登岸至署，適卡員先在，高調劑其間，嫌頓釋。卡員去，黄言傷者肆鬧狀，高請同往解之。既至，觀者鬨傳官驗傷，人擁愈衆。高入艙，慰解再四。其妻怒曰：「傷孰治耶？」高曰：「傷者，醫惟我；死矣，抵惟我。」妻終不聽。李忽偕一皓首叟至，詢爲傷者翁，高禮待之。翁悦，叱衆舁之去，舟少安。衆索王與僕，高佯驚曰：「其迷途未返耶？當遣人覓回舟耳。」遂别去。俄而王與僕自至，問何往。王故樸直，曰：「予初入一古寺，門外有栅欄，殿上供神案，無香燭。坐階下，悶極欲出，衆强留。至是有青衣導予歸耳。」衆大笑，遂鼓棹行。

孟先生

孟先生名春融，安徽廬州府合肥縣廩生。敦品篤學，爲鄉里重。家貧，一介不苟取。素精地輿之學，然非其素契者，延之多不往。晚年性愈傲。有姊適通州牧梁小曙師。乙丑，姊壽六十，孟往祝。適吾通試童子軍，梁延揚州吴蘭溪先生校卷而不及孟。孟不平，詠感懷詩二首，爲師見。師笑曰：「詩佳甚，但嫌郊寒島瘦耳。」孟曰：「詩以言情。

我本寒酸，君乃臺閣，各行其志可耳。」師知其意，謝之，並延與吴同閲。初場得予卷，謬加稱賞，薦之。時案首已定周君少墀，遂置予第三。案發，知予寒畯士，喜甚。覆試日，孟出，讀予文，首肯者再，慰勉數語始入。予感之，初不知其何人也。晡時交卷，門者獨道予入内，置紙裹考具中，囑勿聲。異之，至家展閲，佛餅八枚，副以箋。其書略云：「蓮兄如握。予孟姓，春融名，屬皖籍，食餼於庠。姊壽至通甫旬日，姊文延予閲卷，得快讀兄文。案發，知近況清貧，與予同病，乃不勝嘆寒畯未遇之苦也。姊知，贈不腆作試費。關防最重，勿洩是祈。後會非遥，前程自重。」予閲竟，感極流涕。明年入郡庠，南闈被放，而同案之周君少墀已裒然中魁選。予愧甚。庚午，始僥倖一第，孟聞之狂喜。癸酉，復至通，相見甚歡，勉予當自張，勿倚傍他人門户，窮極必返，斷非久居人下者，第書卷勿輕抛也。予謹受教，然四赴春明，依然席帽，不知區區微名能終如知己所望否？噫！

孟鍾仁

孟鍾仁，字蕉生，黄梁鄉諸生也。父禪，富甲一鄉，而慳吝特甚。里中有善舉，任唾罵卒不解囊。顧無子，禱於五通廟，夜夢神賜以花骨頭一枚。母吞之，有孕，遂生鍾仁。鍾仁幼穎悟，讀書過目輒不忘。既長，文思益進，才名藉藉，雖宿儒無以難，遂掇邑芹。自謂奪高魁，登翰苑，囊中物耳。族有孟伯省者，貧無賴，妬之，誘與博，招名妓爲點籌。鍾仁以爲樂，恒竟夜不返，負債纍纍。父以愛憐故，不忍禁。踰年興益豪，一呼盧輒至鉅萬。父產罄，典質付之，少遲，怒目叱曰：「老悖不名一錢，生我胡爲者？不空手，不回首也，奈我何？」禪忍聲聽之，後竟憤死。鍾仁不哭，草草殮已，聚衆鬨飲，大言曰：「向者區區不足爲，會須以萬貫作孤注耳。」衆和之。未旬日，罄其家。嘗有王行者，艷鍾仁婦美，故假貸以逞其欲。鍾仁不能償，羣慫恿以婦歸之，婦自縊死。其家怒，訴之官道，將甘心焉。鍾仁懼，遁之他鄉，左持盌，右攜籃，作伍子胥吹簫狀。適有老丐顧而嘻曰：「子非黃粱鄉中衣錦衣，食美食，旁若無人之孟郎乎？胡爲瑟瑟然與我輩伍也？」鍾仁述其故，且告以悔。丐者曰：「予少從術者游，得揣骨法，願爲君相之。」揣摩良久，浩然長嘆，疾行不顧而去，曰：「無怪無怪！君固乞丐子骨也！」

呂祖祠靈籤

京師靈籤，以前門關帝廟爲最，而琉璃廠之呂祖祠亦其應如響。憶隨先君子住京日，故僕李升偶有恙，商之於友曰：「吾將禱神，關帝廟乎？呂祖祠乎？」友曰：「近則呂祠可耳。」李笑曰：「靈恐不如關帝。」友責其不誠。明日，終以近故詣呂祠，得一籤云：「夫夫夫，爾非世上大丈夫。求無驗，爲甚謗毀於吾。」李面無人色，詣神前謝過。此事已隔二十年矣。同治辛未，予偕顧比部蘭陔同年赴春官試，舟泊淮關。夜闌，予談及此，相爲嘆異。顧僕楊三者哂曰：「木偶耳，詎有是哉？奴不信也。」顧叱之去。及抵京，楊三患頭疾，窘甚，忘前言，自詣祠求方。既歸，顧索觀，罵楊曰：「奴子狂言無知，今竟何如？」楊目不識丁，茫然。顧大聲誦之，仍前籤語也。楊慚懼，自掌責數十。

夏顧氏

夏顧氏，本名家女，父兄皆庠生。幼聰慧，貌艷如花。性嗜葉子戲，結閨伴往來無虛曰。每興發，秉燭夜戰，往往有踰檢處。父兄教甚嚴，母溺愛，不苛責之也。同郡問字者踵相接，皆不許。南城夏之時，少知名，風度冠絕一世，悅女美，遂委禽焉。既婚，伉儷甚篤，惟與葉子闊別久，技癢難撓。隔旬日必推故至母家，伺父兄出，約舊侶一暢所欲。夏故館大姓，不恒至岳家，以故數年得不洩。會秋試，夫將行，涕泣話別，囑妻好事姑，勿戀住母氏家。氏諾，夫甫解纜，即肩輿徑歸。適父兄亦就道，膽愈肆，晨昏團坐，惟恐輟場。晨起，遣媪走延客，女伴缺，以男子補之，但得琴中趣，不計李下嫌矣。城中少年美其容，多假葉子爲介紹，冀得近玉人，而物議遂不能遏。秋深，士子紛紛回里，夏亦逐隊歸。登堂見母，訝問婦何在，母具述之。夏怒，奔婦家，及門，聞錢聲錚錚然，葉子聲察察然，男子喧聲、女子笑聲與旁觀者爭論聲紛紛然。愈大疑，門隙潛窺，見己婦與三少年同席博，作壁上觀者拍婦肩指點，狀頗□。夏忿火勃勃，氣爲塞，體爲冰，木立一時許，欲前復止者再。私念鬥無力，控無証，忍無顏，勸無用，徑大步歸，袖利剪復往。叩門門闢，遂奔入。婦方得采，有笑容，猝見夫，慚且懼，無置身之地，股栗不能聲。衆大驚，起欲匿，夫立階上笑以鼻，曰「好好」。氏母挽生入，口囁嚅欲辨，急不成詞。生遽出剪刺喉，衆力奪，刃痕已深入寸許，血溢不可止，暈地卒。衆奪門遁，氏母遮之，曰：「諸君自不防，致愛壻非命死。今趨避，將獨坐小女以淩遲罪耶？死則偕死耳，逃不可。」衆正窘，女之父兄施施入，見狀詫問故。母泣言之，且求父思所以庇女者。父叱曰：「喪恥女尚可留耶？我先首耳。」反扃其户，叱二僕坐守，徑詣縣，請尹驗壻尸，送女抵罪。尹拘犯齊，鞫明，詳大憲。於是女與諸少年皆入獄。京詳回，衆議罪有差，氏坐剮。未决前數月，坐囚床繡錦兜肚，遣獄卒出售，得錢誘諸囚婦博，歡笑如平時。獄卒悦其美，刑具不恒用。監者至，凝眸注目，强與攀語。吏促之，始徐起，亦忘己所査者何犯，所司者何事矣。後赴市曹，愚民嘖嘖嘆佳麗，絶無一人議其罪者，反若夏生死無謂，累婦受極刑也。世情顛倒，無怪乎人不知恥也，可哀孰甚焉？

程大人

士人伏處田間，鄉里無賴皆得揶揄之。一旦奪龍頭，登鰲背，光寵及於姻戚，封誥榮及祖宗，大丈夫得志固如是矣。自捐例興，牧豬奴積得阿堵物，便混迹士大夫中，峨冠博帶，儼然長官。讀書人一不自高，有求於彼，便粧起無數身分，作出許多面孔，直使人欲笑不能，欲氣不可。此如暑月糞窖，惡氣薰蒸，掩鼻過之可矣，必從而挑撥之，勢不至使人作嘔不止。揚州程姓，以負販起家，開質庫，祖父世習其業。延名儒訓子弟，厚修儀而薄禮貌。子弟仇詩書，終年咿唔，時恐用心致疾病。偶捉筆作蚯蚓形，師紅勒之，父適見，謂兒筆力遒勁，師宜獎，何看朱成碧乃爾？辭師去。傳五世，不能得一着青衫。其曾孫光宗恥之，僞爲嗜學，日講求懷挾術。文宗案臨，夤緣得入泮，士論大譁，將攻之，而光宗死，事遂寢。光宗子穉香，自謂書香裔，仍業讀。甫識之無，慨然曰：「破頭巾何足榮？吾將作貴官顯父母耳。」齎萬金走京師，捐主政。甫分司，加副郎，甫領照，捐正郎，未逾月而花翎矣，未兩月而道銜矣，又未半載而三品頂戴矣。厚賂某中堂之閽者，以千金作贄，拜諸門下。日乘輿謁顯宦，顯宦亦稍稍禮之。同里諸君，程反有不屑意。同部李君以病歿，鄉之人將醵金歸其喪，蘇州洪某首事，派程百金。程不肯，强之，乃半其數。洪怒，語同部，無以程爲友。程冀庇某中堂，中堂死，逾懼。聞繼相者賈公，將行故智，賂閽者二百金，丐其先容。閽者持刺入，公笑曰：「是欲老師我，佳甚，將文來。」閽者曰：「程不能文也。」公曰：「然則字課乎？詩詠乎？」閽者曰：「不能也。」公怒曰：「不能，門生胡爲？」閽者呈金，公擲之地，訶曰：「吾豈奸賊能賣者乎？汝受人幾多金，代人行齷齪也？」并閽者逐之。程戰慄出，閽者隨之行，日作鬧公舘中，又許二百金乃已。程乘夜潛逃，抵揚，乘輿拜客如初。遇鄉人，歷數所交顯貴，無識者往往爲所愚。居鄉久，鬱鬱不得志，復搜所餘金，抵省捐道員。留本省當差，夤緣入捐局，自備薪水費。日乘輿至公所，大事仍不預，延二人幕賓司筆札。遠近省凡登縉紳者皆具請安帖，回函卒未有一人至者。買美妾四五人，自揚州至清河沿途市美宅，各置妾其中，而以長隨司日用，皆相安若夫婦。然程數月一歸，至家，從役呵堂，終日衣冠面南坐，親友不獲一面。或有告之者，施一錢如剜心肉。而凡有顯宦臧獲至，皆敬之愛之若顧復我者。門下羅敗類數人，終日講宦途得失，名場辛苦，諸人咨嗟歎息，摇首吐舌，備種種醜狀。纔三年，質庫閉矣，良田售矣，美宅空矣，門客隨家運去矣，美人挾蓄積亡矣。括遺資，投向所交結者，皆以不識絶之，而程反依其親某窮諸生終其身焉。

詩儈

詩以天籟爲上，漁歌樵唱，節短音長，有士大夫所不能及者。然使限以題，窘以韻，彼空空洞洞之胸安得有如許墨水倒出耶？蓋業非素習，偶然者乃以陶情，强然者適以以尋苦矣。吾鄉王荔君孝廉瓊澤，方伯公莜原先生子也，負異才，不拘小節。其爲文由純而肆，真得力於古大家者。古今詩尤膾炙人口，嘗執牛耳主騷壇，集詩人十數輩吟咏終日。適城中有市儈，略識之無，豢捉刀人於肆，己乃摇首閉目，作種種醜狀。坐肆中如魑魅伺人，有所遇，即牽衣强留，丐和丐改，使人不可耐。聞荔君社開，欣然持近作往謁，求入社。荔君故好異，喜儈詼諧，又重其解音韻，不暇閱詩，徑許之。衆附和，待以高人，儈亦居之無怍色。於是騷壇拔幟，孔方兄竟自成一軍矣。久之黔驢技見，兔園册乃雜古錦囊中，雖衆口胡盧，儈大度忍之，力驅終弗去，社爲罷。他日詡於市曰：「某孝廉厚我，某明經厚我。」且虚言狀，市人亦稍稍異視之。歲暮，儈登債臺不得下，思以文字緣爲將伯助，丐勞勞子賦二絶，從門隙投入，謂斯文骨肉當戀戀有故人情也。荔君方食，見詩，揮筆和二絶，叱閽者持出。儈見空函，知無望，顧不解詩意，復丐勞勞子述之。其詩曰：「梅花原不怯清寒，知是冬風逼歲闌。不是此中無俠氣，自來從井救人難。」「十年久醒黄粱夢，欲學昌黎送鬼文。枯盡硯田髡盡筆，君須憐我我憐君。」儈聞慚怒，逢人斥王無良而已。

姻緣有定

予屢遭家難，年弱冠，尚學，太原公木蘭寺寄食。同學孫生爲執柯，將聘於里中袁氏。袁翁試所學，决爲必售，允焉。歸而疾大作，易簀時囑妻如約，目乃瞑。鄰翁王，嘗爲子求婚於翁，弗許，啣之。聞翁死，經理其喪，數短予於媪。媪意移，徑許王，將聘於六月之吉。女聞，憒不食。媪解勸，終不懌，嘆曰：「戴固貧，父命也，且有發時。王特牧豎耳，乘人之喪而因以行譎，兒豈奸徒能賣者乎？死歸之耳。」會翁百日，王攜子往奠，聞幃中嚶嚶泣，有刺語，漸且詈，聲愈厲。王父子忿然遁，婚事遂中止。明日，嫗復遣孫説予。予感女，將議成，嫗終惑某無賴言，劫女歸某大賈去。予爲惋惜屢日，作《再誤緣》傳奇以誌恨。是年予補博士弟子員，女覓死者再。又三年領鄉薦，女愈痛，母亦悔恨而已。光緒改元，禮闈被放歸，距聘袁時已十易春秋矣。偶進城閒步，見後有少婦亭亭至，縞衣素裳，翠眉雙蹙，睨之，袁女也，訝甚。逾夕，過其門，嫗强予入。見茅屋三椽頗精雅，女端坐軋軋撥紡車，見予徐起，斂袖作禮，神色敎然。予答揖。嫗肅容坐，命女煎茶，徐言曰：「老婦素慕君子，以讒人所搆，墜妮子苦海中，然罪皆老婦罪也。君子能憐其少寡，爲妮子一援手否？」予驚問故。嫗曰：「向者誤適匪人，幾十年曾不得一餐飽，一席煖。夫死，斂無具，妮子負兒行百里，從夫兄乞阿堵，藁葬荒塚中。今兒又殤矣，夫兄欲奪妮子志，故來此避之耳。」予憫然欲有所言，女已捧茗至，含涕曰：「兒薄命，夫復何言。君子憐我志，死瞑矣。」予慰之曰：「卿守節，鬼神且欽敬之。區區日用，當謀諸二三同志耳。」女曰：「細務不敢勞君子，家有負郭四十畝，爲夫兄吞去，悍不還。能完璧歸趙，則涸轍可蘇矣。」予曰諾，遂辭出。翌日，余適有江南之行。數月返，訪其廬，已遷去，自後杳然不見。予常以食言爲恨云。

記丁卯闈中事

丁卯鄉試之年，天氣暴熱，坐矮屋如蒸籠，病暑者十之五，死號中四十餘人。其死之奇者有三。一爲揚州某生，初八夜，人揮箑坐衖中，生獨酣寢。夜既深，聞窸窣聲，不之異。猝見生衝簾出，手擲盌碎，以片磁劃腹，血泉湧，抓五臟捽之地，厲聲曰：「不信，視予心！」言已，倒地絶。衆胆驚碎，白官舁之出。其老僕曰：「死晚矣。主人兄弟三，死其伯。仲早卒，遺子僅週歲。主涎其產，逼孀醮，不從，命少僕强之。孀哭詈，主乃陷以奸，出之。又斃其孤，產乃歸伯。今自殺，得非二主母索命乎？」衆驚嘆。一爲某旗生，無故縊，書其事卷首。蓋生年甫十六，美風韵。家有婢珠兒，生逼之私，爲妹見，奔告母。母撻婢，婢服毒死，生自是惘惘恒如有失。入闈夕，見婢掀簾入，怒詈曰：「狂郎辱人死，尚捉筆望功名耶？」捉腕使書前事，結繩於梁，引生縊。生迷惘任播弄，不自覺，遂斃。一爲安徽李生。得題後疾書三藝，摇首哦不止，同號厭之。至夜寂然，衆以爲入酣鄉也。初十，號已罄，生仍無聲，瞯之，僵矣。卷上四藝已脱稿，濃圈密點，墨淋漓未乾，末草書二行，讀之成絶句，記其結云：「分手不如攜手好，夜臺從不病相思。」蓋亦被歡喜冤家把臂去矣。

周成

徽州多異人。某中丞撫皖時，有周成者，攜莧菜盈筐往謁。撫軍異之，問：「先生操何術？莧菜何用耶？」周笑曰：「吾術固在此菜矣。」撫軍思良久，愕然曰：「冬至矣，何有莧？」周曰：「曩者仰觀天，炎帝過牛女度。此時下莧子，得數莖供清玩耳。」撫軍曰：「然則先生奪造化乎？」周笑不語。撫軍遂延入幕，凡有疑與諮，言輒中，然有大故，終不輕洩，惟隱語相諷而已。後撫軍致仕，周乃歸。大吏慕其術，爭延致。周曰：「吾惟有緣某公，故相從且久。吾術豈傭於衆人者乎？」拂衣去，竟不出。

五色蟒

四川鹽道署有五色蟒，居花園皂莢樹中，一日恒三四出，不見形，惟見五色光過屋上而已。園故有觀音堂，最靈異，禱者趾相屬。一日，廉訪女公子攜二婢來焚香，甫歸，閉門嬉笑，人至則狂詈。嚮晨，見五色光出窗隙中，女少安。問其故，赧不言，逾時狂又作。廉訪憂之，百計驅遣終不去，乃爲文禱之神。忽大風雨，霹靂擊皂莢樹，攫蟒去。空中擲五色鱗，如掌大，異光閃鑠。女乃瘥。後道署失慎，某幕友避火，藏身樹孔中得免。監司德樹，祀之，嗣是著爲例，有弗祀者輒予凶咎。今園中又有烏蛇，長四五丈，亦日三四出。人見慣，不爲異，亦不爲祟。

卷　四

玉皇殿衣怪

如皋城北玉皇殿，院宇宏敞，樹林陰翳。光緒丁丑六月，天酷熱，如張火織空中。駭隸卒五六人踞階前爲葉子戲，一人脱布衫壓股際，忽衫角躍躍自動，若有物附之者。駭甚，棄之地，動更不已。胆壯者欲捉視之，衫飄然離地旋舞。衆大譁，持物鬨逐，舞乃愈高。一時許，絆樹枝不動。梯取下，不敢衣，巨石壓之。薄暮人散，僧從階下獲徑寸石印，文曰「胡廣德印」，篆法高古，異近人鐵筆，遠近怪之。又三日，天大雷雨以風，轟然一聲，震殿東南角碎，硫磺氣經日不散，究不知是何異也。

陰　兵

東台兵燹之後，怪異叠見。南門外人烟寥落，一望皆叢林荒塚，陰雨之夕，鬼聲啾啾然不斷。友人吴楚珩，光緒初以事至邑，聞每夜有陰兵之異，偕同人出郭登高橋望之。時月色慘淡，撲面風酸，陡見極東如寒星數點，懸摇不定，先如排燈一雙，後綴小燈無數。甫過，又有大燈前導，綴其後者如前。逾一時許，過隊至十數始滅。相傳每夜皆然，以爲陰間過兵。理或然歟？

靈山雷祖真傳

徽州歙縣靈山供雷祖極靈，每年六月二十四日焚香者絡繹於道。山頂村氓百餘家皆好善佈施，客民食宿不取值，家置茶具一，人入飲不禁。有竊物者輒自仆，不能挾以遁也。對山有高崗，頂横竹筒，長尺許，空洞無物，是日自出卷軸懸筒末，金身朱喙，宛然神容。愚民瞻仰以萬計，咸跪拜無怠容，至一時許乃没。同治中，髮逆擾徽屬，僧夜夢神語曰：「亂人且至，盍埋我山崗下，深三尺，當免劫。」僧驚寤，如神指，己亦避亂山中。未幾賊大至，寺院焚燬殆盡。聞靈山異，掘之，甫及尺，霹靂出地中，掘者盡仆，筒飛去，入黄山不見。逾年賊平，僧始歸，又夢神語曰：「我在黄山某崗下。今事靖，可迎我歸也。」衆具鹵簿往覓，筒果在，迎之歸，至今靈如故。

無首兒

徽州某孕婦懷孕十四月，産之夕，水淋漓下，盛數十木器，溢不止。一晝夜乃娩，手足如人而無首，五官皆生項上，口紅色，巨如盌，吐清水有聲。家人錯愕，繩縛柱上，承以石甕。三日滿八九甕，水乃止，兒亦尋斃。

辣手除奸

同年友顧蘭陔比部其行，幼穎異，文名藉甚。每鄉里有義舉，毅然獨任，直聲重一時。爲諸生時，其戚馬嘗受侮於書吏孫成，奔告顧。顧大怒，邀同學人三五，告之牧。時署是篆者爲滿州依勒通阿，正與吾鄉徐清惠公宗幹對席飲，辭不見。顧以爲庇成，堅請依坐堂皇，對鬧者辭甚厲。依懼，丐徐爲調停。徐令僕挽顧出，顧愈怒，訶之曰：

「爾主爲鄉里望，今士子爲胥吏辱，不平極矣，爾主不扶公，乃反阻扶公者乎？」衆轟然和，聲振一堂。依見事不能已，惴惴出。顧挾之登座，厲聲曰：「孫成倚官勢侮正人，當縶之來。」依唯唯如木偶，手標票，筆幾墮。少時拘至，顧袖出狀，朗聲誦之，數其納賄弄權諸大罪，請牧杖之。觀者以萬計，歡聲雷動。依欲退，顧曰：「公祖明鏡高懸，不可留此賊害公清政。黜之是。」依猶未言，顧遽命吏書革條，請依硃標已，懸大堂上，衆始散。依退，汗徹重裘，嘆曰：「不圖書生膽略若此，他日有作爲人也。」顧以庚午中鄉試，丙子捷南宫，官刑曹，愈留心政治，思作良臣。而吾鄉書吏經此一懲，氣燄稍斂抑云。

鄉會公費

庚午未報之前，顧君爲公費一事，義聲亦卓卓可稱焉。先是，通州有鄉會費，王方伯藻更捐巨款存質庫，其數視他郡爲獨優，委蠹紳某董其事，侵蝕過半。咸豐中，粵匪踞金陵，屢停科，費不發。同治甲子，曾侯特請開科，士子紛紛赴省，吾通觀光者逾五百人。及領費，數仍如前，衆論不平。庚午，數又減。顧乃集諸生權查質庫所入息并學田所入租，列狀告諸牧。牧初准查飭，紳懼，浼學師求爲地。學師委曲陳其冤，且言顧好事，喜干詞訟，素不守學規。牧固庸庸者，信之。明日，顧仍集諸生具聯名狀，乘牧斷獄時投之。牧覽竟，怒形於色，微哂云：「君省試在邇，當從桂宫争魁首，問閒事胡爲？」顧厲聲曰：「蠹紳以公費飽私槖，令數百讀書人無進取資，何云閒事也？」於是諸生皆大噪。牧怒曰：「然則人不首而爾争，何也？」顧曰：「公祖但問事之公不公，不必究我之首不首。況公祖私事猶問，豈公事反不能問乎？」蓋牧曾受一富家賂，而枉法以徇其情，故刺之。牧怒極，又無詞可折。衆見牧左袒紳，齊聲以糊塗詈之。牧推案退，心恨顧切骨，思中傷之。而顧素知名，終不得間。會牧以事登白簡，權是篆者爲孫君雲錦。新舊相見，孫問士風，牧即指狀上前十人爲健訟。孫爲所愚，信之。問學師，學師言亦符，而孫信益堅，遂日伺十人過，十人亦自危。九月，金陵之報至，顧褎然舉高魁，予亦幸附榜尾，事乃解。夫公費非一人之事，諸生乃畏首畏尾而不敢發，以至含糊者十數年，侵蝕者百餘萬，非顧之毅然獨前，紳且肆無忌憚矣。聞諸生書狀時，有自抹其名者，有自請居後者，有貼匿名紙白己之不預其事者。其後牧堂皇震怒，去者且大半。有仗義者以義責之，始稍稍回。事既平，公費倍往歲，諸生各滿所欲，顧亦猶之人耳，不能以首事故，羣讓而多畀之也。而榜上無名，前十人禍且不測，後袖手旁觀者，必有冷笑而譏其多事者矣，聯名同告者，必有變色而訶其累人者矣，顧亦何苦自居其拙而讓人以巧，自爲其難而讓人以易若是哉？雖然，顧君固第矣，吾見夫世之爲其巧爲其易者，又未嘗不羨顧君、稱顧君矣。噫，世情可畏哉！

儒醫

蘭陔有兄名其本，亦名諸生也，顧命蹇於弟，屢薦不得售。課暇喜讀方書，論醫理甚精，不自炫，人無知者。其友王樹仁，本賈人，略解吟咏，遊士大夫間，窮不能舉炊，借風雅爲乞貸地。一子甫垂髫，愛若拱璧。中元夜，見盂蘭會上紙鬼，怖而啼，歸即寒暑大作，面如柴，腹乃蓬蓬然如鼓。庸醫指爲脹，投攻劑，迄無效，而大便反絶。呻吟枕席兩月，瀕危者數矣。樹（人）［仁］心痛子，又乏醫藥資，坐視其斃，質衣飾作斂具。將成，見子氣欲絶，自往衣匠家促之。遇其本詢所苦，王涕泣言狀。其本憫之，偕至家，展衾諦視，嘆曰：「是兒爲庸醫殺矣。我姑一試。活，汝福；死，我不任怨。」創方用人參五錢，佐以萊菔子，出佛餅命市藥，坐視其飲。飲已，厚衾覆之。才食頃，聞腹中作轆轆聲，喜曰：「尚可活也。」命王掖之起，子大瀉，下紅白如痰升許，腹漸平，目轉動，能開視。王泥首謝，問：「何術神妙乃爾？」其本曰：「是有至理，豈庸者所能識哉？夫水澤腹堅，至春自解，無目者以攻劑投之，是猶以尺斧而伐大澤之冰，無怪人力窮而堅凝之氣如故也。吾以人參温其中，而以萊菔開其路，春風洋溢，嚴厲化於無形。此以書理參醫理，天下無不奏之效矣。雖然，此亦會逢其適耳。死生有命，必欲操券而獲，不能也。」王大感佩，並求後方。其本曰：「無庸。日投參二錢補元氣足矣。」復厚贈而去。其子未旬日，嬉笑如初。

拐匪

庚午春夏之交，自寧波、上海以至金陵、鎮江等處，拐匪最盛，童男女出市往往不見。民間譁言洋人以藥迷人，皆剜眼剖心以備鑄藥之用。既而北至天津、京師，無地無之，民心惶惑。保定某翁，年六十餘矣，業屠。一日忽木立城闕，自朝至暮，人怪而問之，瞠目似無知者。水沃其面乃蘇，自言：「操刀待割，有市肉者拍予肩曰：取錢去。余不覺隨之至此，惘然如在夢中也。」蓋拐匪買肉，恐翁索阿堵，藥迷之，特小試其技耳。

禁烟原委

自鴉片流入中國，而中國出洋之銀歲以千萬計。當事者蒿目拮据，明知禍水當絶，顧軍餉接濟，内外以洋税爲大宗，吏治因循，上下視禁烟爲故事。以至罌粟種於腹地，土肆密若繁星，銀價日昂，公私交困，而番舶之銜尾而至者且日有所增，不知其所終極。吁，甚可嘆也！考烟土産於南印度，遥隸英國。乾隆中海舶間有食者，嘉慶中葉，官場上下成嗜好矣，至道光一二十年爲愈盛。黄樹齋爵滋有聲諫垣，首請嚴申烟禁，以一年六月爲限，滿則加以大辟。宣廟意動，趣各省大吏議奏。疏言至，人人殊，未愜上意，仍照黄原奏飭刑部定律，頒行直省，令各疆吏月具一摺，以報烟犯之多寡爲殿最，盡革乃止。林文忠得上眷，其例報烟犯片中，幕友諸姓揣時尚，故危其詞曰「此法不嚴，則數十年後無可用之兵，無可籌之餉」云云。宣廟硃圈贊賞，趣文忠陛見，定大計。道出直隸，遇直督琦善，囑文忠無起邊釁。蓋文忠任江臬時，琦爲督，曾薦文忠，今忌文忠，故言此，論似公而意則私也。文忠漫應之。抵京，召見十九次，賞紫禁城騎馬，旋命以欽差大臣辦粤事，沿海水師一體歸其節制。此國初以來未有之曠典，文忠破格得之，樞相亦爲之動色。朝罷，與同僚論不合，中外交搆，有識者已爲文忠危，顧上意方殷，勢不能已。抵粤，簡卒伍，核軍實，檄英國主，入口船無更夾帶鴉片。困義律於洋館，責其繳土。義律懾文忠威，不敢大支吾。洋行總商伍某、廣府餘皆擅心計，知文忠持議堅，而使節不久駐，陰説義律，使繳二萬箱粉飾了事，仍分年分月償其值。義律曲允之。奏入，上悦。樞相密言粤事非林某勿竟，遂調文忠爲粤督。洋商、廣府計大阻。文忠復勒洋人出切實結，載此後如帶私土，貨即入官，人即正法。洋人堅不諾，相持數月莫決。文忠出奇計，黑夜乘潮，火攻其兵船三次，皆挫之。英人大駭，求計於本國。本國不知我虛實，咸不敢主戰。有絲商某獨擁厚貲，以販烟獲利，違衆議，決計興師，集資千萬，調兵輪船數十隻。畏文忠，不敢犯粤，於十九年七月直犯定海，陷之。定海名舟山，故荷蘭人所駐地。乾隆中，英人請照澳門例爲屯貨所，廷議未允，至是爲所據。八月，即至天津，投書直督愬冤。琦公本不善文忠所爲，又文忠任江督時，其上漕務疏中末及北直屯田水利，有「培本源中之本源」云云，琦善以其越俎代謀，尤憾之。及洋事起，上微愠粤事之不善，樞中以顔色告，琦遂力陳羈縻之説。以琦赴粤接辦，而文忠褫職，交琦差遣矣。琦至粤，盡撤防務，乘小船與洋人議款，償兵費二百萬。洋人請香港，又諾之。官紳大譁，皆以割地爲辱。撫軍怡良飛章入告，力詆琦之失策。朝廷乃命奕山爲靖逆將軍，統各省兵二萬，起宿將果勇侯楊芳爲參贊，聲罪致討，逮琦入都治罪。粤中内外扼塞，自林去，洋人盡知虚實，直攻虎門，提督關天培死之，粤中大震。適楊侯以川兵至，勢稍定。奕山隨至，初猶互拒戰，至次年春，洋船環集，我兵不支。廣府餘暨白旗乞和，允償兵費六百萬，兵乃退。先是江督伊里布奉旨充欽差大臣，按兵不動，至是乃由粤議返定海，而以所獲安德突畀之。蘇撫裕謙以議和爲非策，屢攻伊短，閩督顔亦主剿，廷議又摇。乃以裕代伊，督浙師議防，務獲洋兵，剥皮爲馬韁。洋人大怒，是年秋復陷廈門、定海、寧波，裕公殉於水。乃命奕經爲揚威將軍，統兵入浙，經營數月，卒爲洋人所紿，倉皇奔杭州，遂不復振。尋破上海，直抵松江城外。六月陷鎮江，向金陵。牛督、耆英、伊里布仍議償兵費二千一百萬，以粵之六百萬抵入，餘按年給與，而香港、廈門、寧波、上海皆設口岸，吸烟之禁衹存其名云。

李先生

吾通李先生，忘其名，少年落魄，徒步走京師。性怪僻，飲量極洪。彈琴種花外無他嗜。好談鬼，終夜不倦。語及世故，則冷語刺人，使客無容身地，輒怒去。以故年五十無所遇，破帽緼袍，獨來獨往。其假館時，薄暮必一出，持沙壺沽酒，且行且飲，袖中藏餘肉，噉不止。人竊笑，先生如弗見。或以盛席款之，反不能一下箸，不終席必逃去。會歲暮，先生羊裘質酒家，將貸徒十金贖之。徒白母，太夫人曰：「師爺需者夥，區區易竭耳。」倍其數餽之。師反怒曰：「欲十金，十金可耳。今倍之，是暴其富也，且貪視我。我不慣受無名物！」遂挾琴徒步去。徒跪謝不可，泣挽亦不可，太夫人惟自恨多事而已。又明年，復館於某藩王家，禮師益恭，每食皆膳夫進食單，請所欲。李傲性不少悛。一日，命膳夫切膾和腐作羹。直北不諳南味，碎而煎之，爛如糜。李大怒，碎其案，厲聲訶之，且飽老拳。王聞，趨出謝罪，不聽，咆哮如故，且逼王逐之。王進退維谷，姑命膳夫避外舍。逾夕，李知之，愈大怒，謂其右膳夫，遽辭去。王不肯，長跪懇留，復叱膳夫出，乃首肯。晚餐已，李暢飲十數觥，醉極，觸前事，大憤曰：「逐僕不能適我願，辭館又欲羈我身，是令我作忍氣先生也，不如死。」徑解帶縊。僮見，急白王。王驚出，趣僕解救，得不死。天嚮晨，即延其同鄉友某挾之去，自此無敢延聘者。住逆旅，鬻文自給，炊烟恒斷。有憐之者，反以怒語相詆。後從同鄉某返故里，半途落水死。

玉哥

輔國將軍禄肯堂，撫養一孤姪，名玉哥。少暴戾，不務恒業，然好作詩，間有可誦者。嘗記其述懷詩云「我本關東人，還向關東去」云云。予時亦髫齡，粗解文義，見之，訝其不祥。後予以丁外艱回籍，不見者十有三年。辛未，予赴禮部試，詣將軍家，則見門庭如故，舊人大半凋零。詢玉哥，則以鋃鐺鎖馬廐内，就視之，衣衫藍縷，形容枯槁，瞪目不發一語。家人大聲通予名，問識否，玉點首，屈一膝作請安狀。予向之道契闊，若不解。訝之，詢其故於將軍，將軍歎曰：「家運也，復何言。予無子，蓄之本爲宗嗣計。曩酒醉捶妻，傷其目睛突出眶外寸許，其家痛女欲訟，予哀懇乃止。近是兒藏利刃，欲弒叔，有是理耶？不錮之，與君不得見矣。」予慰藉再三，别去。越二年甲戌，又入都，將軍遇諸塗，邀至家，具雞黍焉。談次復詢玉哥，則云死矣。余不覺長歎，將軍曰：「信死當爲我賀，惜乎可死不死也。」余茫然。將軍爲述其事，蓋玉哥被錮久，亦漸知悔，岳家送妻還。將軍於後院闢一室，俾棲止，恐其萌舊性，遠之也。一日反目，刀刺婦腹死，自投宗人府。讞成，發吉林，逾一年矣。余因憶少時感懷句竟成讖語，爲將軍述之，共相歎惋。

龍瞎子

通州西門地步灣素有鬼，行人戒弗往。里中無賴龍瞎子自負有膽，邀其徒三四人，冬夜籠火經其地。遠見螢光幾點，閃爍不定，其徒曰：「冬夜烏有，是爲異物也。」懼而卻步。龍瞎子笑曰：「見鬼哉，怕者非夫也！」語未竟，陰風驟起，吹籠滅，泥沙飛如雨，皆抱首鼠竄。龍瞎子家故近，急攜手銃、燃油繩獨往。見螢光尚在，遽擊之，頓滅。往窮其異，見地下光熒熒碧，如豆滾不止，拾視，則枯葉一片、小虫一枚而已。

胡佃

湖北武昌張煥亭言：其鄉有佃胡姓，赴城納糧，早行。殘月未落，見前有古廟，思憩足俟天明。推門入，見正殿三楹半傾倒，席地小坐。伸足觸一物，軟甚，異而視之，則有人蒙衾卧。私念己身瑟縮，何不藉彼餘温，少俟日出，遂啟衾入。少頃，訝其無息，撫之冰冷，推之不動，大駭，急起取火種燃視。其人蹶然起，直攫胡。胡大號，奔出廟，屍亦奔逐。呼救聲且澌，無人應。遠近犬爭吠，皆狺狺作欲噬狀。胡力盡氣昏，不擇路，望見僻巷，急竄入。才數武，土牆前阻，回視，屍已相離尺許，膽震碎，竭力踰牆。牆高，身甫登，屍徑從下挽其足，履盡落，力掙不得上。聞遠雞喔喔，屍乃僵，不復動。胡亦憊極，斃牆下。天明，人見之，薑湯灌胡醒。足爲屍持，刀劈不得解，斷屍指始脱，指痕深入肉，青腫不能步。告其家舁回，治數月乃瘥。屍爲鄉人某，瘵疾卒，停古廟，將翌日斂。胡不知，誤與之卧，屍得生氣，故爲厲。衆欲焚之，其家不肯，斂以棺，四旁加鐵屑、赤豆魘之焉。

失物有定

吾通西鄉石港塲，胠篋者甚夥，稍疏防即墮其術。予於庚午冬買舟往，同舍生沙君介福招夜飲。甫登岸，有冠紅纓者上船，僞託沙君介，假表裏。船主疑信參半，命篙工挾包偕之登。穿兩條委巷，冠紅纓者遽曰：「止，至矣。盍與我？」篙工不肯。其人竟批其頰奪之去。篙工負痛追弗及，回船述之。船主怒，逐之，責其償。篙工懼，奔向所失物之門伏地號冤，欲自盡，觀者雲集。予歸經其地，詢之，篙工歷言被騙狀。予曰：「無畏。衣則我衣也，我不責船主，汝誰責？」乃收泣，隨歸至舟。舟人環訴，予不語。舟人請送篙工鹽使署，予曰：「勿爾。失物命也，苟逼篙工，使懼而死，豈非以微物致命乎？我報官，當自任之。」翌日，赴塲白諸官，大索三日，竟無獲。乃開舟至馬塘，泊石橋下。午後，倦而假寐，鄧君韻珊促予起，邀晚酌。余懶懶從之，行抵通衢，見一衣肆懸皮套，確係予物，詢肆主所自來。肆主失色，云昨早石港客售者。詢餘物，云已賣至岔河矣。乃交肆主人里保，偕鄧行。是夜有獻策者云：「肆主人有厚貲，盍罰倍數。」予笑却之。明日，同年友陶君功美諭肆主利害，偕肆主持原物來，售者亦贖回，余稍酬其值而受之。並信知石港塲主徐公，略云：「物已得，可免比差。」不告其究竟，懼累肆主也。噫！失石港，得馬塘，隔三十里，祇四日而一物未少，仍歸趙璧，得非數之有前定乎？嚮使嚴追篙工，竟致逼命，而余物復得，如此無辜一命何？然而有進一解者曰：篙工果致死也，此物必不得。余不覺首肯者再。

開路神

吾通關廟後有一人巷，常有開路神出見，然不恒作祟。相傳胡大宗伯長齡、馬部元有章未遇時，與一友赴飲，醉歸，經其處。倏見神高二丈許，戴長白巾，髮兩肩蓬蓬垂，阻巷中，狀可怖。宗伯叱之，神暴縮如小兒，跪道左。馬至則旁立讓之。至某友，阻如前。友亦叱之，神笑曰：「勿裝空架子，不畏爾老貢生也。」某大號。適後有人至，相伴歸。其後胡大魁，馬亦會試第一人，友僅以明經終。

騙子二則

辛未會試之年，予同年友王君逢春過琉璃廠，見丐者持藍呢馬褂求售。意是竊來者，問其價，僅二兩耳。王以爲廉，買得之。喜甚，歸語人曰：「誰謂長安居不易，是二兩，非賤物耶？」衆不信，啟視之，爛泥一包而已。衆撫掌曰：「是物耶，二兩固值矣。」王訝曰：「明明見是馬褂，如何此時成爛泥乎？」衆曰：「彼原説是賣呢馬褂也。君買呢得泥，又何憾？」王啞然自笑。蓋騙人者預將泥包好藏暗處，然後以真者廉其價，使速成，既成，於包時潛易之，王不知，誤墮其術。或曰：使黠者於買成時力持之，不使潛易，彼不將反爲人騙乎？予曰：彼固防之矣。此計不成，則另遣一人來僞爲認贓者强奪之，且坐售者竊賊罪，作欲控狀，以駭初至京者，賂之乃已。總之吾輩不可貪小利，見此等人，不顧之自無事，若一問，則始終不能出圈套矣。

某孝廉清晨入黑市，冀便宜得物。見羊皮袍，面湖縐，似新製成者，價四兩，遂買歸。炫於衆，衆曰：「君勿喜，京師騙術幻甚，安知非僞者乎？」某不信，諦視，果以皮紙作質而粘毛於上者，恨甚，既而笑曰：「鼠輩詐予，予不能詐鼠輩哉？」明日，復入市轉售於人，得六金。歸而大笑曰：「田舍奴，我豈妄哉！」衆又曰：「君勿喜，京師騙術，幻之又幻，安知非僞銀乎？」某曰：「何至是也！」出銀，一鉛錠而已。此亦見京師騙子之奇矣。

李　升

僕李升，直隸棗强縣人，受顧予家十數年，頗爲先君子所信任。李亦鯁直，尚義氣。先祖母范安人在京日，待下素寬，一日早起，猝見李持煤簍倉卒出，蓋竊以奉其叔者。叔李起亦在予家，適新娶，家甚貧也。祖母恐其愧，急往旁室避之。李升知祖母意，私謂叔曰：「今日事，他人不縶縛之、笞辱之，幸矣，誰肯捐物於盗而反避盗也？此而不知恥者，非人也。此而不思報者，非夫也。」自是事予家愈勤。或在外與人鬭，往往性命相搏，惟祖母一言叱之輒止，任受屈，不與較。先君子晚年由山海關回京，李升隨。關外故多盜，行旅有戒心，每宿逆旅，先君子踰年順，不任勞，輒熟寢，李升獨秉燭危坐達旦。比登車，呵欠不止，顛而仆者再。以故行千五百餘里無失事，先君子益重之。後以父病回其籍，不復來。踰六月，先君子卒，予將奉先祖母及先慈由陸路南旋，李升忽自至，願隨行。先祖母虞其滋事，李升跪先君子靈前誓痛改，乃命之從。履危蹈險，皆以身先，一路頗（咨）［資］其力。至通，表戚馬卓亭茂才聞其義，請之力，李泣涕去。予年甫十四，五經成誦，已捉筆能作文，以家貧，幾至廢讀。李言於馬，馬延予入家塾，爲備脩脯，受經學於如皋名諸生張。李晨昏侍讀，無異曩時，不以新間舊也。夜必婉言勸，見予讀之奮則欣然喜，見於顏色。一日予偶倦，嬉於庭，李正色曰：「千里有未埋之骨，一家無隔宿之糧，惟冀子身復舊業耳。今優游若是，是忘先人、甘貧賤矣，奴何望焉。」因泣下。予悚然，復讀如初。見有掇巍科者，則又勉曰：「是亦從辛苦來也。不然，巍巍黄金榜，豈荒廢者所能僥倖哉？」予畏之如嚴師，三年未嘗倦。乙丑，李以暴疾卒。又明年，予幸獲售，旋捷南闈。夫區區一第，何關榮辱，然追念微名所自，非義僕，且以鄉人終身矣。如李者，朋友中不多得，臧獲云乎哉？惜乎棄世太早，未及親慰其苦衷也，筆之以誌其義焉。

破鏡重圓

余少讀《紅綃》《紅拂》諸傳，竊歎兒女英雄，千古佳話，區區窮措大不揚爾貌，不臧爾才，雖則如雲，蓋無思存我者矣。然而事由志成，緣以因結，戀三生石上之魂，洒七載枕邊之淚，義俠千金贈妾，美人萬里尋夫，由苦而甘，既斷復續，此不特今人所艷羨，亦古人所罕聞也。爰吮枯毫，以誌榮遇。歲辛未，余計偕至都。試事畢，友人有欲納姬者，偕予至媒家相之。入門，粉黛笑迎，衣飾鮮艷，友人□腸易飽，遽美其長而肥者，坐談久不去。予心哂之，獨散步院窗外。忽見西廂有精舍三楹，茜窗下坐靚妝女子，年可十五六，翠黛彎娥，蓮鉤感鳳，衫裳楚楚，秀雅宜人，余不覺睛爲之眩。聞友人喚，相與乘車返。翌日，詣媒氏詢女世家，始知女張姓，育於許，母卒，父博負，將鬻女。予聞，心慘切，思傾貲娶之，慮值高不果。別媒歸，商於外戚吴。吴曰：「是不難，盍以重金啗其父，先畀百金，就婚而不娶。速歸謀如數，期一年迎婦，事或濟。」予善其計，浼媒達意，父果諾。婚之夕，愛憐備至。女泣謂予曰：「察君非薄倖者，顧去後一年如百年永，獨不能設法使儂早出樊籠耶？」予曰：「邀天幸獲雋，或可濟。」女每夜焚香禱天，期捷報。未幾榜發，予落第，女泣下如雨，强揾淚作歡容，具雞黍，慰語再四。予唏噓曰：「負卿心矣。」女曰：「有志者事竟成。君不過遲一科，何傷爲？第君歸籌得阿堵物，宜早至，勿拘拘於及瓜也。」予誓以日。逾三日，予就道，折玉簪，各藏其一以爲驗，乃揮淚揚鞭去。女自此閉門卸粧，日刺繡作消遣，花前月夕，珠淚恒漬羅衫。父益厭之，會博負，謀背盟，言於女，女不可。乃賂鄰媪，俾作大姓妾。江南蔡觀察硯農，豪士也，時爲兵部郎，爲娛老計，以七百金載之歸，寵專房。女背人嚶嚶泣，蔡至，强爲歡笑。蔡察之，數詢所苦，終不言。固詢，則曰「問宋先生」而已。宋名琛，吾鄉孝廉，嘗偕予至女家，知其事，時幕蔡。蔡驟詰女故，宋茫然，請覘女。乃僞爲女病，延宋入診。既見，趣出，瞿然曰：「是吾鄉霨峰人也，胡爲來乎？」蔡神沮，既曰：「果若是，吾當成其志。」宋亦力勸，計乃決。會甲戌部試，予挾貲皇皇至，聞女事大慟，無意進取，草草終塲出。宋來達蔡意，予以爲戲，置不答。四月，蔡得四川鹽茶道，行促，遣女不果，載至蜀。予既再黜，念女去益遠，亦遂歸，此緣已來生付之矣。又三年丁丑，予館銀山，蔡忽飛札至，促赴京迎女，期且迫。予喜且訝，顧羈於館，去不可。十一月，蔡已媪僕送女至，晝艘舶河干。予趨往迎，相見淚簌簌，噎不聲，對坐無一語。翌日，僦西城某大姓舍寓焉。先是，女在京聞蔡與西席語，私喜得予至京耗，日卧榻泣不止。蔡百計慰藉，終不愜。既放道，女念予空乏，盍假蔡資津貼，欣然從之。去二載，少有積蓄，泣言於蔡。蔡慨然曰：「佳話也。」厚贈遣之，遠近咸稱其高義。

無子有子

如皋康某，忘其名，中年抱鄧攸之戚，思修德以挽數。凡里有善舉，身先之，傾其家弗悔。如之育嬰堂，經理無人，廢不舉。康變産充費，募殷户成巨款，延公平者司其事。堂差十數輩，日核察無有玩。乳媪米日一升，錢月二貫；堂外減其半。嬰初入，發襁褓衾枕維新。早起司事巡各房一周。堂外綳而至，越三日，保抱勤，賞之；否，有罰；瘦且病，黜不用。病有醫有藥。長，男塾約之，女姆訓之。愛而蜾負者，官無禁。

蓋自康首事幾三年，呱呱泣者二千有餘，其自死而之生者更不止倍其數焉。康之婦不育數，至是，乃一索再索三索而不已。噫，誰謂數定者真不可挽哉？吾於康信天道之不爽矣。

錢大令

吾通錢大令文偉，字蘭臺，丁未進士。初宰河南靈寶，調繁得商邱，寬嚴相濟，士民帖然。時粵逆北犯，全省戒嚴，商邱當衝途，旦夕不能安枕。藩司某，錢同年友也，虞錢蹈不測，調錢省垣，代以宋。宋至，交卸已，摒擋行囊，將展軨於四月之晦。邑紳耆集署前，丐公留辦團，公不可。固請緩期，公不忍拂，少駐度月朔。卅日晡時，賊入境，距邑城不百里，炮聲相續，火矢及重樓，民大駭。公馳出彈壓，集文武官紳議固守。西門扼要，以公得民，責之公。南、東次險，別遣紳弁分其任。唯北門最荒僻，無民房，宋自守。初一日，賊大至，圍縣城數重。先攻西門，砲闐雉堞裂尋丈，勢且危，公奮力率勇堵禦，自燃巨砲擊之。衆感奮，矢石雨飛，賊傷頗夥，勢漸却。自初一至初六，公露坐城頭不交睫，日諭衆大義，同甘苦。衆足酸身軟，有歡容。賊見無間懈，且走北門。宋令坐蔽樓不敢出，日遣偏裨巡埤堄，聞砲聲戰栗欲逃，爲弁阻不得下，淚湧至失聲。初六夜，乘弁他巡，潛啟關輕騎遁。弁知馳追，已去遠，急令閉關。附近富族聞官去，皆惴惴，齊攜眷先後出，男女擁擠，門不得關。賊聞信急攻，三門賊隨至，一鼓入。公方立西城，見賊後隊動，意且去，喜。忽探者報北門啟，公問誰主者，曰宋公去矣。公大驚，向北再拜，急策騎北行。至中衢，遇賊酋，公摇手曰：「止。勿戮百姓，我縣官也，請殺我。」賊馬上戟搠之，中公腹，墜馬卒。有武生某聞變，持械巷戰，斃賊三，力竭踣地死。公宅中男女九人皆被戕。女公子與婢入井，婢先女公子，女公子立婢背，不死。賊去，舁之上，家人送回籍。事聞，賜恤有加，贈道銜，本籍及死事地方立專祠，廕雲騎尉襲次完時，以恩騎尉世襲罔替。

官詐

吾通王大司空廣廕，肩輿入朝，行至正陽門，見前有舊泥後擋車，疲騾駕之，從者亦寥寥，按轡徐行，阻王輿不得進。前驅者以鞭揮曰：「某馬疾，且欲入朝，君等權時落後何如？」從者大怒曰：「爾倚官勢，敢打世家僕耶？」言未已，忽車中一戴珊瑚頂、八團補服者搴簾露半面，徐睨，手揮從者退：「是工部王大人，紅人也，爾等不可犯，避路讓之便。」攬轡路左不行。王知某世爵，貧而狡，急降輿謝罪。世爵某亦拉手問訊，無怒容，乃分道去。下午回寓，有青衣持帖送一僕至，云：「適在路獲罪，送府領責。但此奴體羸，緣尊紀捶傷，咯血數矣，祈藥石，無恙也。」王知其詐，顧無如何，贈白金二十笏，命從者致辭曰：「敬呈藥資，小介已痛懲矣。」事乃已。自後同僚相戒，無敢與周旋者。

明太太

先君子初入京，館輔國將軍明家，課其子祿智。將軍早死，夫人未婚而寡，嗣次房子襲其爵，即祿智也。夫人明大義，家規肅然，雞鳴即起，端坐督僕婦操作。智具衣冠請晨安，垂手侍立，命之退始退。午膳，復衣冠視餐；至暮亦如之。娶婦亦日三至，無惰容，無厲色，粧竟乃粧，食已乃食，寢安乃寢。漢官家無此家範也。大約尊長室無卑幼坐，弟見兄尤必屈一膝，兄頷之而已。奴婢有所白，則免冠跪窗外，不能入堂門。如尊長世僕，子弟亦必加禮，但内外之分嚴耳。予童時住明家屢月，親見其元旦祭祀及家庭拜年禮，真不愧天潢世胄。除夕辭歲團飲，猶之漢人。三更時，婦即臨鏡嚴粧，傅粉已，挽髮作髻，插徑尺金簪，戴髢子，形如箕，前高後低，上圓下平，乃鐵絲結就而麻絲纏之者。珠翠密綴，作雲福花鳥諸狀，前後垂細珠十數串，略如鳳冠式。金釵十二股，花樣新奇，釵首垂珠，又各三寸許，勻插冠前左右，寶光的皪，愈顯嬌容光艷。兩旁戴時花或紙花兩枝，行步不摇自顫。耳綴玉環三，大一小二。粧竟，服繡袍，長覆足，僅露粉底。有馬蹄袖，亦如我輩，特寬盈尺耳，長亦七八寸。外罩長褂，與袍齊，補如其品。寶石鈕如便頂，或黄蠟，或水晶，上銜小翠花，纍纍如五星之相貫。粉頸旁亦圍卷領。其鞋款式不一，底高四五寸而削其下，底正方，着地纔一寸許，俏步閣閣，似較弓鞋别有天然嫵媚。太夫人粧亦彷彿，而首飾純以素金，衣飾亦淡雅。姑媳團聚，姪婦女孫隨侍。天嚮晨，即見禄智紅頂翠翎，貂裘豹裙，率諸子侄至，跪請正廳行禮。於是輕步逐隊行，至廳門，僕左媪右雁行立，猩簾垂地，寂若無人。太夫人獨率家婦肅容入，立香案左。其正案供先王像，高丈許，儀表瑰偉，鬚眉若生。朝冠綴紅朊腊，服四叉蟒袍，八團補服表其外。靴藍色，繡金三縫，皮以緑。端坐虎褥，可畏可威。妃無影，據云入關時落水也。王以下貝子、貝勒俱木龕分供左右。祭品則山珍海錯，異狀奇形，俱民家未經見者。一時香烟繚繞，燭焰輝煌。氍毹貼地，步履都不聞聲。已而僕以銀椀持酪至，媪接入簾，婦承之以首，跪奉於姑，不傾涓滴。姑獻正案前，其餘分獻亦如禮。然後水陸分進，約兩時許纔已。姑徐攝衣跪，俯首，以右手略撫右鬢角，爲一拜，三拜乃起。媳繼之，姪娣女孫又繼之，始斂容退。禄智率子弟進行禮，則如漢官儀。禮畢，收供具，以次遞而出，門閉。外人無敢擅入者，入則輒病，其靈爽若此。祭後行拜年禮。其正室七楹，遍懸燈綵，貼地亦舖紅毡。大銅鼎二，熾獸炭可數十斤。正中設皮褥、靠枕、脚橙，太夫人端坐煖炕，執潄盂蠅拂二人侍。禄智先拜，子姪次之，婦率諸女相繼進。男親族至，智答拜；女則婦答拜。太夫人不起立，以皆卑幼行也。如同輩，唯齒長者夫人先拜。婢僕拜院外，不上階。太夫人放賞訖，乃回房。諸幼輩拜智亦如初。晡時禮乃終，明日又祭，三日乃已。噫，使我漢人行之，有不以爲煩耶！

魂辭行

明家事師禮甚恭。每晨，子弟皆冠帶至，揖至聖先師神位畢，揖先生。乃就坐展卷，除其冠；如背誦，冠如初。放學復揖退。終年如一日。後先君子有滇黔之行，乃辭館。逾五年回京，將軍已罷讀，然待師加厚，眷屬往來無虛日。憶一日先君子乘輿入城，至中市，行人轂擊，遇將軍乘朱輪，儀從煊赫，隔窗見師車，急叱御停轡，下車拱立。先君子與問訊，在在徐應，俟師升輿去，然後行。觀者嘖嘖，其恭敬如此。咸豐中，先君子以疾卒，未及訃，智及從兄禮同日夢先君子著衣冠至，云：「爾兄弟好自爲，予回南去矣。」醒後各述其異，嘆曰：「辭行非吉徵，先生得毋不諱乎？」急出城，師果逝，衣冠胥如夢，相痛哭至失聲。守素幃半月餘，殯已乃返。次年予回籍。又十二年，以公車至都，詣將軍，見太夫人矍鑠如故，家人亡其半。予亦述所閱歷，相爲唏噓。嗣是每年必一往視小府如舊戚。丙子復至，則太夫人已物故，將軍亦稜稜瘦骨，病殆不支。尋向所憇畫棟雕梁，蛛網塵封，幾不可復識。倘再閱三載，又不知作何景象矣。可慨也夫！

任叔振

《中庸》三達德，以勇居知、仁之末。古聖賢成知、成仁，全在一毅然直前，所以高出庸愚萬萬。士人讀書明理，見一善亦知當爲，見一惡亦知當改。無如玩愒性成，日復一日，年復一年，及事後追悔，已成不可收拾之境矣。所以人當中年，最是要緊頭。不患從前作錯，不患日後無成，但從今振作，此後自有一番效驗。但徒勇在口頭，無庸也。江西南昌任生，名叔振。少倜儻，不拘小節。弱冠補弟子員，自謂狀元魁首指顧間事矣。喜狹邪遊，誘委巷諸蕩婦與之狎，恒經夜不歸，家人屢戒弗悛。十年失檢事不能枚舉，五踏槐黄未售。任心知惡報，亦遂灰志功名。又明年，所同類者魁於鄉，任大訝，謂冥冥固無足信耳。適友人以扶鸞術進者，任固請一試。焚符已，乩飛動，大書吕某至。任因請同類者得魁故，乩判云：「爾不服耶？爾今世功名顯於彼，彼日前罪惡重於爾。其所以一榮一辱之懸絶者，則以回頭勇不勇之故也。彼幼時曾奸婦女七，且多見利忘義事，禄籍已削盡。去年忽立誓行善，見人有難，不俟天明披衣起，必行然後已，見活物必放之。如是幾一年，無知者。今年特小驗，彼善不已，福且不已矣。爾穎悟，心地有明白時，然試思當作事，有一事痛快作去否？優游姑息，髮星星且將斑，不振作，禍且至，尚福之期乎？」任痛恨，汗透重裘。歸即誓於神，力改前失。未三年，鄉會連捷，宦於燕，子孫繼起不絕。

稀見筆記叢刊

已出版

獪　園　［明］錢希言 著
鬼　董　［宋］佚　名 著　夜航船　［清］破額山人 著
妄妄録　［清］朱　海 著
古禾雜識　［清］項映薇 著　鐙窗瑣話　［清］于　源 著
續耳譚　［明］劉忭等 仝撰
集異新抄　［明］佚　名 著　［清］李振青 抄　高辛硯齋雜著　［清］俞鳳翰 撰
翼駉稗編　［清］湯用中 著
簷廊瑣記　［清］王守毅 著
風世類編　［明］程時用 撰　闇然堂類纂　［明］潘士藻 撰
新鐫金像評釋古今清談萬選　［明］泰華山人 編選
疑　耀　［明］張　萱 撰
退庵隨筆　［清］梁章鉅 編
述異記　［清］東軒主人 輯　鸝砭軒質言　［清］戴蓮芬 著

即將出版

在野邇言　［清］王嘉楨 著　薰蕕并載　［清］佚　名 著
魏塘紀勝·續　［清］曹廷棟 著　東畬雜記　附　幽湖百詠　［清］沈廷瑞 著　鴛鴦湖小志　［民國］陶元鏞 輯
見聞隨筆　見聞續筆　［清］齊學裘 撰
仙媛紀事　［明］楊爾曾 輯